我慢するだけの日々はもう終わりにします

Characters
ギルバート
アリカと同じ学園に通うイケメン公爵。早くに両親が亡くなったため、若くしてレンウィル公爵家を継ぎ、仕事と学業を両立させている。
アリカ
ルージー伯爵家の長女。わがままな義妹になんでも譲っていたが、とある事件をきっかけに「いい子」を卒業した。

トマス
第三王子。気さくだが、女性からの好意を勘違いしてしまう厄介な性格。
ユナ
コミン侯爵家の娘。ギルバートの親衛隊を名乗る。
リキッド
リキッド公爵家の先代で、アリカたちが通う学園の学園長。
シーロン
パージ伯爵家の次男。アリカの元婚約者。
ロザンヌ
アリカの義妹。わがままだが男性からモテる。

# 目次

我慢するだけの日々はもう終わりにします

# プロローグ

私、アリカ・ルージーは、伯爵である父と継母のプリシラ様、プリシラ様の連れ子であるロザンヌと一緒に暮らしている。

生みの母は私が幼い頃に病気で亡くなっていて、父は一年前にプリシラ様と再婚した。

母を亡くしてからの父は、幼い私が眠りについたあと、寂しさを紛らわせるために、貴族ながら平民がよく利用する酒場に通っていたらしい。お酒の力を借りたり、人と会話をしたりすることで母を亡くした悲しみを忘れようとしていたようだった。

そこで出会ったプリシラ様に優しく慰めてもらった父は、いつしかプリシラ様に恋をしていたそうだ。

私の十五歳の誕生日の次の日に、父は周囲の反対を押し切ってプリシラ様と結婚を決めた。私とプリシラ様、ロザンヌが初めて顔を合わせたのは、結婚が決まったその日のことだった。

初対面の時からプリシラ様は私のことを嫌っていたようで、屋敷内ではお父様の前以外でプリシラ様のことをお母様と呼ぶことは許さないと言った。

パーティーなどの公の場では、プリシラ様から私に近付くことは良くても、私から彼女に近付くことは許されない。

それ以外にも色々とルールを決められた。

そのうちの一つは、罵声を浴びせられていることは絶対に他人には言わないこと。

プリシラ様は言葉遣いが悪く、機嫌が悪いと自分の部屋に私を呼びつけては罵声を浴びせてくる。痕が残る可能性があるから、決して暴力は振るわない。

罵声だけなら、たとえ私の精神が病んでしまっても、私がプリシラ様にいじめられていたという証拠が残らなくてちょうど良いのだそうだ。仮に私が証言しても、精神を病んだ人間の言うことを他の人が鵜呑《うの》みにしないと考えているようだった。

性格が悪いのはプリシラ様だけではない。娘のロザンヌも酷かった。

ロザンヌは私と同年齢だが、誕生日は私のほうが早いので私が姉扱いになっている。

「アリカのドレスはダサいわね。新しいドレスを買いに行かない？」

そんなことを言って嫌がる私を外に連れ出しては、自分のドレスだけ買って帰り、父に浪費を責められると、「買ったのはアリカの分だけで、自分のものは何一つ買っていないわ」と泣き真似をする。

「アリカはなんて性格の悪い子なんでしょう！　あなた、こんな子はこの家に必要ありませんわ！」

プリシラ様はロザンヌが嘘をついているのを知っているくせに、私だけを責めた。

「プリシラ、そんなことを言わないでくれ。アリカ、お前もあまりワガママばかり言ってはいけないよ。うちはそこまで裕福ではないんだから」

お父様は私がそんな子ではないと知っているはずなのに、プリシラ様に逆らうことはできなかった。彼女に捨てられることが怖かったのだ。

そんなお父様の気持ちはわからなくはない。でも、していないことを認めるのも嫌だった。

「ロザンヌを止められなかったことについては謝りますが、無駄遣いをしたのはロザンヌです。私は自分の服を一着も買っていませんから」

こんな風に言い返すと、大抵の場合、お仕置き部屋とプリシラ様が名付けた部屋に半日ほど軟禁される。そこで、プリシラ様が嫁入りと同時に連れてきた、現在のメイド長にねちねちと叱られるのだ。

「アリカさん、これ以上馬鹿な真似はしないでください。プリシラ様に逆らうとどうなるか、もうわかったでしょう」

この家でプリシラ様の言うことは絶対だ。彼女が白いものを黒と言うのならそれは黒なのだ。

私が騒げばプリシラ様が屋敷を出ていき、お父様が悲しむことになると思うと、友人にも相談ができなかった。この時の私は、ただお父様の幸せだけを望んでいた。

耐えて、耐えて、耐え続けて、一年が経った。

多くの使用人は私を信じてくれていたし、学園に行けば友人も婚約者も私の味方だったから、何とか過ごしていくことができた。

でも、私がそこまで悲しんでいないことをプリシラ様とロザンヌは良く思わなかった。

そのせいで、ロザンヌのすることがエスカレートし始めたのだ。

私の持っているものを欲しがるようになり、それを断れば無理やり奪ったり、部屋に勝手に入って盗んだりするようになった。鍵をかけても、メイド長がマスターキーを渡してしまうので意味がなかった。

私はいつしか、ロザンヌの行動にいちいち反応することをやめた。悲しむ姿を見せてロザンヌを楽しませたくなかったのだ。

無反応になった私が面白くなかったのか、とうとうロザンヌはこんなことを言い出すようになった。

「わたしの好きな人が一番素敵だと思うけれど、あなたの婚約者も素敵ね」

ロザンヌは私の悲しむ顔を見たいがために、私の婚約者まで欲しがり始めたのだ。

# 第一章

プリシラ様が私の継母になったと同時に、ロザンヌも私と同じ学園に通うようになった。

ロザンヌは私のことが嫌いなくせに、学園内ではいつも私と一緒にいようとする。腹が立つことに去年も今年も彼女と同じクラスになってしまった上に、学園に通い始めて一年以上経ってもロザンヌには同性の友達ができないからだろう。

クラス替えをして私には新たな友達ができたのに、彼女にはできない。

私の友人たちはロザンヌのことをよく思ってはいない。でも、皆、精神的に大人なので彼女が同じグループ内にいることを許してくれている。

ロザンヌを嫌う素振りを見せると、一部の男子生徒がうるさいという理由もある。

ロザンヌは今まで学園に通っていなかったので成績は良くないけれど、スタイルが良く十六歳らしからぬ色気を持つため、男子生徒のみならず男性教師からも人気が高い。

プラチナブロンドの長い髪にエメラルドグリーンの瞳。長いまつ毛とぽってりとした唇は印象的で、顔も整っている。

一方、私はお母様譲りのダークブラウンの腰まである少しクセのある長い髪に、髪と同じ色の瞳でどちらかというと童顔だ。ロザンヌと並んでいると私が年の離れた妹だと思われてしまうことが多い。

「ねえ、今日も一人みたいだわ。何の本を読んでいらっしゃるのかしら」

昼休み、中庭のベンチで昼食をとっていると、ロザンヌがうっとりした表情で一点を見つめながら、ほう、とため息を吐いた。

ロザンヌの視線の先にいたのは、ギルバート・レンウィル公爵だ。髪と同じ色のダークブラウンの瞳で、男性に対しては表情豊かだけれど、女性には仏頂面で有名な男子生徒である。

彼は両親が早くに亡くなったことで、学生でありながら二年前に爵位を継いでいる。職務は周りの人間に助けてもらっているらしいが、仕事と学業を両立しているすごい人だ。

しかも、長身瘦軀《そうく》、眉目秀麗《びもくしゅうれい》、成績優秀なので、学園だけではなく社交界で彼の名を知らない人間はいない。

そんな彼は、婚約者がまだ決まっていない。だから、あわよくばと思う女性が多くいる。ロザンヌもその一人だ。

レンウィル公爵は、私たちが座っている場所の向かい側のベンチに座り、カバーがかけられた分厚い本を読んでいた。

食堂で昼食をとったあとはそのベンチに座り、昼休みが終わるぎりぎりまで読書をするというのが、レンウィル公爵の日課だ。

どうしてそんなことを私が知っているかというと、私の婚約者がレンウィル公爵と仲が良いからだ。

「ねえ、アリカ。シーロン様が来たわよ」

ロザンヌに言われて視線を向けると、私の婚約者で同学年のシーロン・パージが金色の長い髪を揺らして、レンウィル公爵の隣に座った。

「美男子が揃うと目の保養ね」

私の右隣に座る友人がシーロンたちを見て小声で話しかけてきた。

婚約者の私が言うのも何だけれど、シーロンは美男子でスタイルも良く、女子に人気がある。青い瞳はとても綺麗だし、笑った顔がとても可愛い。

シーロンは伯爵家の次男なので、ルージー伯爵家に婿入りし、お父様の跡を継いでくれることになっている。

私とシーロンの仲は上手くいっている。一つだけ心配なのは、ロザンヌの存在だ。ここ最近の彼女はやけにシーロンのことを気にしていた。

「やっぱり、シーロン様も素敵だわ。もらっちゃおうかな。わたしには婚約者もいないし、ちょうど良いわよね？」

「良くないわよ。馬鹿なことを言わないで」

「あのね、アリカ。欲しいものを欲しいと口にすることは罪じゃないわ。それに、シーロン様がわたしを選ぶのであれば、あなたよりもわたしのほうが魅力的だったというだけよ」

クスクスと笑うロザンヌを睨《にら》みつけると、ロザンヌは小声で言う。

「こわーい。お母様に報告しちゃおーっと」

こんな風に感情を見せたらいけないことはわかっている。だけど、シーロンだけは彼女に奪われたくなくて、ついムキになってしまった。

「勝手にしなさいよ」

「何よ、面白くないわね。それよりもせっかくだし、二人に話しかけてこよーっと！」

昼食を終えていたロザンヌは、上機嫌でシーロンたちのほうへ走っていく。

「ちょっと、ロザンヌ！」

一人にしておくと何をするかわからないので、慌てて彼女を追いかけた。

「シーロン様、ギル様ぁ！」

「やあ、ロザンヌか」

シーロンはロザンヌに笑顔を向けたあと、レンウィル公爵に話しかける。

「ギル、紹介するよ。彼女は僕の婚約者の妹のロザンヌだ。綺麗な子だろう？」

「はじめまして、ギル様！　わたしの名前はロザンヌです！　よろしくお願いいたします！」

「……俺はギルという名前じゃない。ギルバートだ」

「え、でも、今、シーロン様はギルって呼んでいましたよね」

小首を傾げたロザンヌに、レンウィル公爵は冷たく言い放つ。

「ギルという愛称は仲の良い人間にしか呼んでほしくない。君だって初対面の人間に馴れ馴れしく愛称で呼ばれたくないだろう？」

「ギル、そんなに怒るなよ。それからロザンヌ、君も悪い。相手は公爵だぞ。礼儀をわきまえないといけない」

シーロンは眉根を寄せてそう言うと、私の存在に気が付いて表情を和らげた。

「ああ、アリカ。君もいたんだな。ギル、彼女は僕の婚約者のアリカ・ルージー伯爵令嬢だ」

「はじめまして、アリカ・ルージーと申します。婚約者のシーロンがお世話になっております」

カーテシーをすると、レンウィル公爵は読んでいた本を閉じて立ち上がる。

「よろしく。俺は、ギルバート・レンウィルだ。シーロンから話は聞いているよ」

「こちらこそ、よろしくお願いいたします」

レンウィル公爵やシーロンとは学科が違うので、校舎も別棟だ。学園内では顔を合わせる機会がほとんどなく、レンウィル公爵と話をするのは今日が初めてだった。

「あの、はじめまして」

レンウィル公爵に冷たい態度を取られて固まっていたロザンヌが、私とレンウィル公爵の間に入ってきて、今頃になってカーテシーをする。

「ロザンヌ・ルージーと申します。仲良くしていただけると嬉しいです」

「ギルバート・レンウィルだ。仲良くできるかはわからないが、顔と名前は覚えておくよ」

レンウィル公爵は私に対応した時よりも、やや低い声色で言葉を返すと、シーロンに話しかける。

「今日はもう教室に帰る」

「ん？　あ、ああ、そうだな」

どうやら、レンウィル公爵は普通の男性とは違い、ロザンヌに興味はないようだった。

どちらかというと、嫌悪感を示しているように見える。

レンウィル公爵は私に向かって軽く頭を下げたあと、背を向けて歩き始めた。

シーロンはロザンヌに声をかける。

「無愛想だけど、根は悪い人じゃないんだ。たぶん、ロザンヌの態度が気に食わなかっただけだ。次からは礼儀に気を付ければ、ちゃんと話をしてくれるよ」

シーロンはレンウィル公爵をフォローしたあと、私には笑顔で手を振ってから、レンウィル公爵のあとを追いかけていった。

「……ロザンヌ、あなた、本当にいい加減にしてくれない？」

プリシラ様に怒られてもかまわない。

言わないといけないことは言わないとと思ってロザンヌを叱ってみたけれど無駄だった。

「レンウィル公爵も素敵だけれど、やっぱりシーロンも素敵ね」

ロザンヌはシーロンの背中をうっとりとした目で見つめて、そう呟いたのだった。


それから数日の間は、ロザンヌが何か問題を起こすことはなかった。

レンウィル公爵の特等席である中庭のベンチの向かい側の席が、他の女性たちに占領されるようになったからだ。

レンウィル公爵の親衛隊が、ロザンヌから彼をガードするために動いているんじゃないかと友人の一人が言っていた。

ある日の昼休み、シーロンに中庭に呼び出された。

「アリカ、学園行事のダンスパーティーのパートナーだけど、もう決まっているのか？」

「決めていないわ。私はあなたがパートナーじゃなければ行かないつもりだったんだけど、あなたは誰かと行くつもりなの？」

私は人の多い場所が苦手だ。ダンスパーティーは自由参加なので、シーロンが行かないのであれば参加するつもりはなかった。

「僕も君と行くつもりだったんだけど、ロザンヌから君は他の人と行くと言われたんだ」

「そんな予定はないわ！　ロザンヌが嘘をついているのよ！」

シーロンにはロザンヌがよく嘘をつくという話はしている。それなのに、シーロンは私を信じていないようで、苦笑して尋ねてくる。

「本当に？」

「本当よ！」

「僕のクラスの担任の先生にも言われたんだ。アリカは他の男性と行くから、僕はロザンヌと一緒に行くようにと」

「そんなことを先生が言うこと自体おかしいじゃないの。それに、あなたには私が他の男性と行くような人間に見えるの？」

ショックを受けていると、シーロンが両手を合わせて謝ってくる。

「だよな？　ごめん。さっき言ったことは忘れてほしい。謝るから、僕のパートナーになってくれないか」

「……もちろんよ。でも、本当にロザンヌの言葉には騙されないでね」

差し出された手のひらに私の手を乗せると、シーロンは優しく握って頷く。

「騙されるつもりはないよ」

「それなら良いけど。でも、先生はどうしてそんなことを言ってきたのかしら？」

「さあな。勘違いしただけかもしれない」

シーロンは少し考えただけで、すぐに話題を変えた。

「それよりもパーティーに着ていく服の話をしないか？」

「それはかまわないけど」

ロザンヌはどうしてシーロンにそんな嘘をついたの？　もしかして、シーロンのクラスの先生まで ロザンヌの虜《とりこ》なのかしら？

そんなことを考えながらシーロンと一緒に校舎に向かって歩いていると、ロザンヌの声が聞こえてきた。

「ギルバート様！　今度のダンスパーティー、わたしと出席してくださいませんか？」

「悪いが断る」

「何でですか!?　わたしにはパートナーがいないんです！　ギルバート様だっていないじゃないですかぁ！」

レンウィル公爵の読書タイムを邪魔しているのだから、明らかに嫌がられているはずなのに、ロザンヌは食い下がっている。

「パートナーがいないと困りますでしょう？」

「パートナーがいなくてもパーティーに出席はできる」

「一人じゃ寂しいじゃないですか。わたし、友達がいなくて……」

「……友人が欲しいのか？」

「そうなんです！」

レンウィル公爵が話に食い付いたと思ったのか、ロザンヌが彼の横に腰を下ろした時だった。

「では、パートナーを探す前に友人を作る努力をしたらどうだ？」

レンウィル公爵は立ち上がると「失礼する」と言って、呆然としているロザンヌを置いて去っていった。


ロザンヌのパートナーは、パーティー前日になっても見つからなかった。

ロザンヌならすぐに見つけられると思っていた。でも、それが無理だったのは、彼女が相手を選り好みしすぎたからだ。

「わたしのパートナーなんだから、素敵な人じゃないと駄目よ」

「そうよ、ロザンヌ。アリカの相手よりも素敵な人じゃないと許さないわ。あなたのほうがアリカなんかより、とっても可愛いんだから。というより、アリカがブサイクすぎるのかしら？」

お父様が仕事で忙しくて家族全員で食事をとれない時は、プリシラ様は遠慮なく皆の前で悪口を言う。

メイド長はうんうんと頷き、他のメイドやフットマンは言い返すことも納得することもできなくて俯いているだけだ。

ほとんどの使用人たちからプリシラ様とロザンヌは嫌われている。皆が口を揃えて言うことは「早く、この屋敷から出て行ってほしい」だった。

私が結婚して、シーロンがお父様から家督を継いだら、ロザンヌもプリシラ様もこの家から出て行ってもらうつもりだ。お父様には申し訳ないけれど、この先も二人と同居し続けるのは勘弁してほしかった。

先は長いけれど、シーロンと結婚すれば屋敷の雰囲気も変わるだろうし、それまでの辛抱だと思っていた。

シーロンが私を裏切るわけがない。この時の私はそう思い込んでいた。


パーティー当日、迎えに来てくれたシーロンは、事前に決めていた紺色のタキシードではなく、黒色のタキシードを着ていた。

シーロンが私のお母様の形見のドレスを着ているところを見たいというから、そのドレスとお揃いの紺色のタキシードを着てくると言っていたのに、忘れてしまったのかしら。

「シーロン？　今日は紺色で来るって言っていたじゃない」

「学園に着いたら話すよ。それよりもロザンヌは？」

「ロザンヌ？　どうしてロザンヌのことを気にするの？」

普段ならドレス姿の私を見たらまず褒めてくれていたのに、シーロンは私と視線を合わせようともしない上に、なぜかロザンヌを気にしている。

今日のロザンヌのドレスが黒色だったことを思い出して、嫌な予感がよぎった。

ちょうどその時、ロザンヌがやって来てシーロンに声をかける。

「あ、シーロン！　もう来ていたの？　馬車には一緒に乗せていってもらえるわよね？」

「駄目よ、ロザンヌ！」

パートナーが決まっていないのだから、ルージー家の馬車で行きなさいと言おうとしたら、シーロンが頷いた。

「ああ。一緒に行こう」

「ありがとう。嬉しいわ、シーロン！」

ロザンヌはシーロンの腕に自分の腕を絡めて頬を寄せると、勝ち誇った顔をして私を見た。

黒のワンショルダーのドレスに身を包んだロザンヌは、髪をシニヨンにまとめている。彼女の艶やかなうなじを見て、シーロンがごくりと生唾を呑み込んだのがわかった。

「シーロン、どういうことなの？」

「と、とにかく行こう。時間に遅れてしまう」

私の問いかけには答えずに、シーロンはロザンヌを連れて歩き出す。

「シーロン！」

答えを求めて彼の名を叫んだ。でも、振り返った彼は悲しそうな顔をするだけで何も答えてくれない。

「ほら、アリカ。早く乗ってよ。遅れちゃうわ！」

シーロンと一緒に先に馬車に乗り込んだロザンヌは、私に向かって偉そうに言った。

悔しい。それに、一体どういうことなの？

だけど、ここで悔しがる姿を見せたら、ロザンヌの思うつぼだわ。道中でシーロンを問いただそうと思って、馬車に乗り込んだ。

＊＊＊＊＊

結局、馬車の中でもロザンヌのせいでシーロンから話を聞くことはできず、この状況の理由がわからないまま学園に着いてしまった。

パーティー会場に入る前にロザンヌに声をかける。

「あなたは自分のパートナーと一緒に行きなさいよ。もしくは一人で入って」

「一人で入るのはアリカよ」

ロザンヌはそう言うと、シーロンを見つめる。シーロンはロザンヌを見て悲しそうな顔をしたあと、私に目を向けた。そして、次にシーロンが口にした言葉は信じられないものだった。

「悪いけど、今日はロザンヌと出席するから、君は一人で中に入ってほしい」

「……何を馬鹿なことを言っているのよ」

「馬鹿なことなんかじゃないわよ。シーロンはあなたじゃなくて私を選んだの」

ロザンヌは彼から離れて私に近付いてくると、私の耳元で囁く。

「あなたにはお似合いの相手を用意しておいたわ」

「どういうこと？」

ロザンヌに聞き返した時、背後から数人の男がやってきた。

「お嬢さん、服を破られたいとか変わった趣味してますね」

「な、何？　何なの？」

話しかけてきた男たちは、正装はしているけれど見たことのない顔だし、貴族とは思えないような下卑た笑みを浮かべていた。何が何だかわからなくて困惑していると、ロザンヌがシーロンに話しかける。

「シーロン、見て！　アリカの恋人たちよ！」

「……アリカ、本当にそうなのか？」

「違うに決まっているでしょう！　ロザンヌ！　あなた、一体何がしたいのよ!?」

「わたしのせいにしないでよ。あなたが遊び歩くのが悪いのよ」

「私は遊び歩いてなんかいないわ」

男の一人がヘラヘラ笑いながら、私の肩を掴む。

「あんなに愛し合ったのに酷くないっすか？」

「何を言っているの？」

「……ロザンヌ、中に入ろう。嫌な話は聞きたくない」

そう言うと、シーロンはロザンヌの手を引いて会場に向かって歩いていく。

「待ってシーロン！」

呼び止めてもシーロンは振り向きもしない。振り向いたのはロザンヌで、私と目が合うと、にたりと笑った。

「ほら、ちょっと俺たちに付き合ってくださいよ。周りの人に怪しまれるじゃないっすか」

一瞬にして男たちに囲まれて、周りから私の姿は隠されてしまう。近くに先生の姿はあるのに、ロザンヌの味方なのか、私を助ける素振りは一切見せなかった。

男たちに押されるようにして、ひと気のない中庭に連れて行かれた。日は完全に落ちてしまい、外灯の明かりが届かない場所は真っ暗闇に近い。

助けを求めて叫ぼうとしたけれど、恐怖で声が出ない。涙が溢れそうになるのを必死にこらえた。

「ドレスを直せないくらいボロボロにしろって言われたけど、どうしたらいいんだ？」

外灯の下にある中庭のベンチに無理やり座らされて、ドレスに手をかけられそうになった時だった。

「おい、そこで何をしている」

「た、助けてっ！」

聞き覚えのある声が聞こえ、大きな声は出せなかったけれどやっとのことで声を出すと、取り囲んでいた男に口を押さえられる。

「──っ！」

ここで助けを求めなければ、私はもう駄目だと思った。声は出せなくても必死に手足を動かして暴れると、私の口を押さえていた男が、手を放して私の頬を叩いた。

「ふざけやがって！　大人しくしてろ！」

男がそう叫んだ時だった。

「それはお前だ」

その言葉とともに、男の体が後ろに引っ張られて地面に叩きつけられた。

「……あなたは」

痛む頬を押さえながら男を地面に叩きつけた人物を確認して、安堵の息を吐く。

私の目の前に現れたのは、タキシード姿のギルバート・レンウィル公爵だった。

「大丈夫か？」

レンウィル公爵に尋ねられ、無言で何度も頷くと、彼は少しだけ表情を緩めた。でも、すぐに地面に倒れている男や、突然の出来事に驚いて動けなくなっている男たちの顔を見回して、私に尋ねる。

「念のため聞いておくが知り合いか？」

「いいえ、違います」

はっきりと否定すると、レンウィル公爵は小さく息を吐いてから、男たちに問いかける。

「自首するか、痛い目に遭ってから警察に連れて行かれるか、どちらを選ぶ？　賢い人間なら自首だろうが。いや、賢ければ、最初からこんなことはしないか」

「何を言ってんだ、こいつ」

動きを止めていた男たちは、この場に現れたのがレンウィル公爵一人だとわかり、数で勝ると思ったようだった。一人が舌打ちをしてレンウィル公爵に殴りかかろうとすると、レンウィル公爵は自分に向かって伸ばされた男の手首を掴んで言う。

「誰が俺に触れていいと言った？」

「何だよ、偉そうに。貴族ってのはそんなに偉いのかよ！」

別の男がそう言って、背後から襲いかかろうとしたけれど、レンウィル公爵はその男のお腹に空いているほうの腕の肘を一発入れた。そして、手首を掴んでいた男を手前に引っ張り、足を払って地面にうつ伏せにさせると、ノーガードの背中を踏みつけた。

「どうしてこんな奴らが学園の敷地内にいるんだ……」

レンウィル公爵は男の背中に足を乗せたままため息を吐き、向かってきた他の男たちをあっという間に一人で片付けてしまった。

そうしているうちに巡回していた警備員が騒ぎに気付き、慌てて私たちの所へ来てくれた。

レンウィル公爵は、駆け付けた警備員に指示をする。

「彼らを警察に連れて行ってください。罪状は伯爵令嬢と公爵への暴行でお願いします」

「こ、こ、公爵だって!?」

警備員に取り押さえられた男たちが口々に叫ぶ。

「公爵閣下だなんて知らなかったんです！　俺たちは、知らない男から『伯爵令嬢を好きにして良い』と言われたからここに来ただけで！　助けてください！」

「うるさい。自首するか警察に連れて行かれるか、どちらが良いか事前に聞いたはずだ。どちらにしても罪を軽くしてやるつもりはないがな」

レンウィル公爵は許しを請う男たちに冷たく告げたあと、私のもとにやって来て、優しい口調で話しかける。

「君の友人を呼んで来よう。友人の名前を教えてくれるか」

友人の名を口にしようとした瞬間、涙が溢れて止まらなくなった。

「……申し訳ございません」

「困ったな。泣かないでくれ。いや、怖かったのだろうから仕方がないか。ああ、えっと、そうだな。とりあえず」

レンウィル公爵はあたふたしながら胸ポケットからハンカチを取り出すと、私に差し出した。

「……ありがとうございます」

目元をハンカチで押さえ、少し落ち着いたところで改めてお礼を口にする。

「助けていただき、本当にありがとうございました」

「君が襲われそうになっていた場所が、俺の休憩場所で良かった。そうでなければ君を助けられなかった」

そう言われてみれば、私が座っているのは、レンウィル公爵のお気に入りのベンチだった。

「申し訳ございません。勝手に座ってしまって」

「謝らなくていい。というか、別にこれは俺が所有しているベンチじゃない」

警備員が男たちを連れて行くと、レンウィル公爵が再び口を開く。

「誰かを呼びに行こうと思ったが、今、君をここで一人にするのも心配だから、君が落ち着くまで隣に座っていてもいいか？」

「もちろんです」

頷くと、レンウィル公爵は私の隣に静かに腰を下ろした。

「落ち着いたらパーティー会場に戻ろう。君がパーティー会場に入るのを見届けたら、俺は帰る」

「パーティーには出席されないんですか？」

「出欠確認は済ませてきた」

レンウィル公爵はそう答えたあと、眉根を寄せて言う。

「それにしても、シーロンは何をしているんだ。婚約者をほったらかしにするなんて信じられないな」

シーロンの名前を聞くと、また目から涙が溢れ出した。

「す、すまない。いや、その、シーロンはどうしたんだ？　きっと心配しているはずだ」

「……それはありえません」

「どうしてそんなことを言うんだ」

不思議そうにするレンウィル公爵に、先程の出来事を話すと、彼は腕を組んで目を細める。

「信じられないな。そんなことをするなんて彼らしくない。何か理由があるのかもしれないが、目の前で君が助けを求めているのに無視したことは、どんな事情があっても許せるものではない」

レンウィル公爵はそこまで言ったあと、慌てて、言葉を付け加える。

「シーロンを擁護しているわけじゃない。ただ、そこまで酷い奴だと思っていなかったんだ」

「私もそう思っています。ロザンヌに騙されたか、何か弱みでも握られたのかもしれません」

「弱みを握られた可能性のほうが高いな。ただ、本当に君が襲われるとわかっていて知らないふりをしたんだろうか」

答えが見つからず何も言えずにいると、それから、しばらくの間は沈黙が続いた。

気持ちが落ち着いてきたところで、ふと疑問が浮かんでくる。

どうしてシーロンはお母様の形見のドレスを指定したのかしら。それに、ロザンヌがどうやってあの男たちを学園内に入れることができたのかもわからない。

誰かのパートナーとして入ることは可能だけど、男たちは五人以上はいたから、あれだけの人数を学園の敷地内に入れるのは正攻法だと難しいはずだ。

「色々と確認してみようと思います」

口を開くと、レンウィル公爵は立ち上がり、私を見下ろして尋ねてくる。

「少しは落ち着いたか？」

「はい」

「じゃあ、戻ろうか。それと、シーロンには俺から確認してもいいか？」

「お願いします。私は妹と先に話をしようと思います」

ロザンヌが関わっていることは確かだろうけれど、あの子が自分がやったとすんなり認めるとは思っていない。でも、彼女の目的が何なのか知りたいし、このまま何も言わないわけにはいかない。

そして、シーロンが私ではなくロザンヌを選ぶのかどうかも、はっきりさせなければならなかった。

＊＊＊＊＊

お母様の形見のドレスは、プリンセスラインで胸や肩が大きく開いているデザインだ。夜風に当たっていたせいで少し肌寒くなってきたけど、羽織るものは馬車に置いてきてしまった。会場に戻る前に取りに行こうかと考えていると、レンウィル公爵が自分の着ていた上着を脱いで私にかけてくれた。

「俺の着ていたものですまない。シーロンと合流したら彼から借りればいい」

「……あの、大丈夫です。お返しします」

「いいから。気が付くのが遅くなって悪かった。あっちに先生がいるから、先程の件を俺から話してくる」

パーティー会場の出入り口に私のクラスの担任の姿を見つけたレンウィル公爵は、そう言って私の返事は待たずに歩いて行った。残された私は、入り口のすぐ近くでホール内を見渡して友人の姿を捜す。

すると、先生が大きな声で友人の名前を呼ぶ声が聞こえた。捜すより本人に来てもらったほうが早いと判断したようだった。

でも、友人がやって来る前に、ロザンヌが私を見つけて近付いてきた。

「ねえ、どうだった？　思ったよりも早かったわね。あ、その上着はどうしたの？　男性のものよね？　ドレス、破れちゃった？　可哀想！　死んだお母さんの形見だったのにね！　そんな大事なドレスを着てくるから悪いのよ！」

ロザンヌは早口で言いたいことだけ言うと、きゃっきゃっと笑う。

どうやらロザンヌは、ドレスのことを気にしている様子だ。まさか、ロザンヌの目的は男たちに私を襲わせることではなく、お母様の形見を破らせたかっただけなの？

「ロザンヌ、一体何が目的なの？」

「言わなくてもわかるでしょ」

ロザンヌは周りを見回してから、わざとらしく心配そうな顔を作って話を続ける。

「大丈夫？　ショックよね？　どこかのお店に持っていったら、綺麗に直してくれるんじゃないかしら。とにかくその汚い上着を脱いだほうがいいわよ」

ロザンヌは、私が羽織っている上着はあの男たちからもらったのだと思い込んでいるようだった。

あなたが好きだと言っている人の上着なんだけど、汚い上着なんて言って大丈夫なの？

そう言ってやりたい気持ちを我慢して尋ねる。

「ロザンヌ、これはあなた一人で考えた計画じゃないわよね？　あなたは賢くないからこんな大掛かりなことを一人ではできないでしょう」

「失礼なこと言わないで！　それにそんな怖い顔しないでよ。勝手にわたしの仕業だと思い込んだり、人を馬鹿にしたりするなんて、アリカは本当に酷い人ね！」

ロザンヌは近くに男子生徒がいることに気が付き、私を責めてから泣き真似を始めた。

その時、先生が呼んでくれた友人のルミーがやって来た。ルミーはロザンヌがいることに気付くと眉根を寄せた。

「ロザンヌ。あなた、シーロンと一緒にいたんじゃないの？　こんな所にいないで彼のもとへ戻ったらどうなの」

「シーロンなら別の場所にいるわ。もうすぐこっちに来るんじゃないかしら。アリカの所へ行くことは伝えておいたから」

ロザンヌは悲しんでいるふりをしながら、ルミーに言う。

「そんなことより大変よ。アリカが男性に襲われて、大事なドレスを破られてしまったみたい」

「ちょっと、どういうこと？　シーロンがロザンヌと一緒に入ってきたから、変だと思って彼にアリカのことを聞いても知らないって言うし。それに襲われたただなんて大丈夫なの？」

ルミーはロザンヌを押しのけて、私の背中を優しく撫でながら尋ねた。

「心配してくれてありがとう。襲われそうにはなったけれど、助けてもらったから大丈夫よ」

私がそう言うと、嘘泣きをしているロザンヌが口を開いた。

「可哀想なアリカ。そうやって嘘をつくしかないわよね。でも、嘘を重ねても自分が辛くなるだけよ。今のうちに素直に言っておいたほうが良いと思うわ。以前、恋人だった男性たちに襲われたんでしょう」

ロザンヌは本気で私が襲われたと思っているようだ。

「恋人だった男性たちですって？　アリカに限ってそんなことがあるわけないでしょう。第一、私たちは貴族なのよ。プライベートな空間以外は一人になることがないのに、どうやって、他の人に知られずに恋人を作るって言うのよ」

私と同じ伯爵令嬢であるルミーはロザンヌにそう言ったあと、彼女の背後に現れたシーロンに話しかける。

「シーロン。あなたまさか、こんな嘘を真に受けたんじゃないでしょうね」

「僕が何を信じようが、君にあれこれ言われる筋合いはない」

「本気で言っているの？」

ルミーがシーロンに食ってかかった時だった。ロザンヌがシーロンの腕に自分の腕を絡めて、私を見つめる。

「そんなことはどうでもいいわ。わたしはアリカのほうが心配だわ。乱暴なことをされたみたいだもの。ねえ、シーロン。可哀想だから、アリカが着ている上着をシーロンのものに変えてあげたら？　だって、ほら、ねえ？　その上着は平民のものでしょう？　汚いに決まっているもの」

ロザンヌはシーロンの腕に頬を寄せて、また泣き真似を始めようとした。でも、何がそんなに楽しいのか、笑みをこらえることができていない。

よくもまあ、涙を出したり引っ込めたりできるものだわ。

笑いたいのはこっちのほうよ。上着の持ち主が誰なのか伝えようとしたところで、ちょうど本人がやって来た。

「先程から汚い汚いとうるさいな」

「ギルバート様！　あの、聞いてください！　アリカが男性に襲われてしまったんです！　その上着はアリカを襲った男性のものなんですって！　汚いから触らないほうがいいですよ」

レンウィル公爵は汚物を見るような目でロザンヌを見たあと、険しい表情で私に尋ねてくる。

「俺は知らない間に君を襲っていたのか」

「とんでもないです。助けてくださったんです。この上着をあの男性たちのものだと、ロザンヌが勝手に思い込んでいるだけです」

答えると、レンウィル公爵はロザンヌを見て言う。

「汚い上着で悪かったな」

「……え？」

「これは俺の上着だ」

「ど、どういうこと!?　どうして、ギルバート様の上着をアリカが持っているんですか？　嘘でしょう!?　羨ましすぎるわ！」

ロザンヌは一人で勝手に話し続ける。

「そうだわ。ギルバート様はアリカを庇《かば》っているんじゃないの。きっと、そうなのね！」

「俺が嘘をつく必要はないだろう。これは俺の上着で間違いない。そんなに汚いと思うなら、視界に入らないように移動すればいい」

レンウィル公爵はロザンヌに冷たく言い放つと、ルミーに顔を向ける。

「詳しいことは話せないが色々とあったんだ。彼女を一人にするのは心配だ。悪いが一緒にいてあげてくれないか」

「も、もちろんです！」

ルミーは何度も頷いた。

ルミーはどうしてレンウィル公爵が関係しているのかわからず、かなり困惑しているみたいだけど、珍しく男性に言い負かされているロザンヌを目の当たりにしたからか、彼女の表情はどこか楽しそうにも見える。

「どういうことだよ、ギル！」

シーロンが悔しがっているロザンヌの腕を振り払い、レンウィル公爵に近付いて叫んだ。

「どういうことだ、だと？　それはこっちのセリフだ。お前は婚約者をほったらかしにして他の女性をエスコートしているのか？　何を考えているのかわからないな」

「こ、これには事情があって！」

レンウィル公爵はシーロンの胸ぐらを掴むと顔を近付け、周りには聞こえないように小声でこう言った。

「事情？　危険な目に遭っている婚約者を助けるよりも、優先しなければならない事情がどんなものか聞かせてくれ」

「そ、それはギルには関係ないだろう」

「そうか。なら、俺に説明しなくてもいい。だけど、彼女には納得してもらえるまでその事情とやらを説明して、許しを請え」

「……わかったよ」

シーロンはレンウィル公爵の手を振り払うと、私に体を向けた。

「少し、話がしたいんだけど」

「私が話をしたい時には聞いてくれなかったくせに、自分の言うことは聞けって言うのね」

「だから、ちゃんと説明したいんだ」

「わかったわ。じゃあ今すぐ説明して」

「ここでは無理だ。二人きりで話がしたい」

「二人きりなんて嫌よ！」

拒否すると、シーロンは傷付いた顔をして私を見つめる。

「どうしてそんなことを言うんだよ」

「どうしたもこうしたもないわ！」

「詳しい話はわからないけど、ロザンヌをエスコートしている時点で、あんたは婚約者として失格よ」

ルミーが興奮する私の背中を撫でながらシーロンに言い返し、私に促す。

「アリカ、出欠確認が終わったのなら、もう帰りましょう」

「待ってくれ！　ちゃんと話がしたいんだ！　二人きりが駄目なら……そうだ。ギル、君も一緒に聞いてくれないか」

「どうして俺が？　お互いの両親を交えて話をすればいいだろう」

「それだと時間がかかるじゃないか。今すぐに話をしたい。でも、先生には聞かれたくないんだ」

レンウィル公爵は大きく息を吐き、こめかみを押さえて頷いた。

「後は勝手にやってくれ、とは言い難い状況だな。わかった。俺も話を聞こう」

「……アリカ、私はここで待っているわね」

ルミーはそう言って微笑んだ。

「ごめんね。せっかく抜け出してきてもらったのに」

「そんなことは気にする必要はないわ。友達のほうが大事よ」

ルミーはレンウィル公爵に頭を下げる。

「アリカのことをよろしくお願いいたします」

「承知した」

レンウィル公爵が頷くと、ルミーは安堵の表情を浮かべた。ルミーはその後、私には笑みを向け、シーロンとロザンヌを睨《にら》みつけてから、パートナーの所に戻っていった。

ルミーにもそうだけれど、彼女のパートナーにも悪いことをしてしまったわ。あとでお詫びをしなくちゃ。

「ここではさすがに話せないから場所を変えたい。中庭でどうだ？」

シーロンが私に提案してきたけれど、中庭に行くのは今はまだ怖い。それを察してくれたのか、レンウィル公爵が却下する。

「暗い場所で話をする必要はないだろ」

「……じゃあ、休憩室の個室はどうだ？　使用中の札を出しておけば、誰も入ってこないだろうから」

私たちが頷くと、シーロンは休憩室に向かって歩き出そうとした。でも、すぐにロザンヌの存在を思い出したのか、彼女に話しかける。

「ロザンヌ、君はもう帰ってくれ」

「嫌よ。ギルバート様がいるんなら、わたしも一緒に話を聞くわ。それに、あなたの今日のパートナーはわたしだから、一人にするのはおかしいでしょ」

「君がいると話がややこしくなるから嫌なんだ」

「どうしてよ!?」

シーロンとロザンヌが揉めている間に、私はレンウィル公爵に話しかける。

「あの、レンウィル公爵」

「レンウィル公爵だと長いだろう。ギルでいい」

「え⁉　で、ですが！」

「俺が良いと言っているんだから良いんだ」

「で、では、お言葉に甘えてギル様で」

「どうして様をつけるんだよ。ギルでいい」

不思議そうな顔をされたけれど、公爵を呼び捨てにできるわけがない。そう言おうとすると、ロザンヌが会話に割って入ってくる。

「ギル様、わたしも一緒に話を聞いてもいいですよね？」

「君にギル呼びを許可した覚えはない」

「そ、そんな。では、許可をお願いします！」

「嫌だ」

柔らかい表情を一変させ、厳しい表情でギル様が言うと、ロザンヌが目に涙を浮かべたのがわかった。

＊＊＊＊＊

学園の別棟には、具合が悪くなった時や疲れた時に休めるように、休憩室が用意されている。それらは全て個室になっていて、ベッドは置いていないけれど、大きなソファがあるので横になることはできる。

人混みが苦手な私は、学園でときどき気分が悪くなることがあった。でも、今までこの部屋を使ったことはなかった。

一緒に来たがるロザンヌを近くにいた先生に任せて、私たち三人は空いていた休憩室に入った。

一人掛けのソファにギル様が座り、私とシーロンは別々のソファに向かい合って座った。

「で、今回の件はどういうことなんだ？」

しばらく経ってもシーロンが話し出そうとしないので、ギル様が口を開いた。すると、シーロンは俯いていた顔を上げ、勢い良く立ち上がって私に頭を下げる。

「アリカ、本当にごめん！　本当は僕も君と一緒にパーティーに出たかったんだよ」

「……じゃあ、どうしてロザンヌと一緒に出席することにしたの？」

「ロザンヌに脅されたんだ」

「脅された？」

ロザンヌがシーロンを脅す理由がわからない。シーロンは答えようとしないので、私は改めて尋ねる。

「ロザンヌに脅されるだなんて、シーロン、あなた何かしたの？」

「僕は何もしていない！　ロザンヌが、いや、あの人が悪いんだ」

「シーロン、何が言いたいのか全くわからない。ちゃんと説明しろ」

ギル様に言われ、シーロンは大きく息を吐いてから話し始める。

「この学園が貴族の名門校であるのは有名だよな」

「そうだな」

「それは知っているわ」

「裏口入学のことで脅されたんだ」

私たちが通う学園は、一度入学してしまえば、学期ごとの試験はあるものの、よほどのことがない限り留年することはない。

一方、転入試験の難易度は高く、転入生はいても多くが裏口入学と言われていて、転入試験に合格した人はほとんどいないと噂されている。

ちなみにロザンヌは転入試験を受けて合格したと聞いているけれど、プリシラ様がこの学園の学園長と知り合いなので、裏口入学の可能性が高い。もちろん合法ではないけれど、貴族の間では当たり前になっているので、大した問題にはなっていないのが現実だ。

学園側としてはお金が入れば良いし、学生も通いたい学園に入れるので、お互いにメリットがあって表沙汰になりにくいのだと思う。

それよりも、どうしてシーロンが裏口入学の話をするのかしら。

「どういうこと？　あなたは裏口入学だったの？」

「……違う、僕じゃない」

否定するシーロンを黙って見つめていると、「妹か」とギル様が呟いた。

ロザンヌのことかと思って首を傾げると、ギル様は私を見て苦笑する。

「君の妹のことじゃない」

「……そういえば、シーロンの妹のポーラも同じ学園に通っていたわよね」

私の記憶では、彼女は転入生ではないので裏口入学は関係ないはずだ。

「僕も知らなかったんだ。ロザンヌに言われて両親に確認したら、本当にそうだったんだ」

「そうだったって、どういうこと？　まさか、ポーラは」

「ああ。試験は落第点だったらしい。でも、学園側から、もう少しお金を積めば入学できるって連絡が来たらしいんだよ」

シーロンはそう言うと、自分の両膝を握りしめた。

入学試験を受けたのは五歳の時のはずだから、もちろんポーラは何も知らないだろうし、二歳年上のシーロンだって子供の時なんだから、妹がお金の力で学園に入学しただなんて知るはずもない。

この学園に通うことは、貴族の中では一種のステータスになる。だからこそ、シーロンのご両親は子供たちに何も言わずにお金を積んだのだろう。

でも、どうしてロザンヌがそんなことを知っているの？

そう考えて、すぐに答えが出た。

「……学園長がプリシラ様に話したのね？」

「そうなんだ。ロザンヌの母親が僕の弱みを探したらしい」

頷いたシーロンに尋ねる。

「でも、それが公になったら学園長も困るんじゃないの？　本来は違法なのだから許されることじゃないわ」

「学園長は三年前に替わっているから、不正をしたのは前の学園長だ」

「でも、今の学園長だって、きっと同じことをやっていると思うんだけど」

私は話しながら、今の学園長について思い出した。この国では爵位を譲るタイミングは本人の自由だ。学園長は公爵家出身で現在は子供に家督を譲っている。しかし、貴族の間では未だに恐れられていると聞いたことがある。

だから、昔のことがバレたとしても、今の学園長には責任がないということで終わりそうね。

「自分が裏口入学だったと知ったら、妹はきっとショックを受けるし、他の人間に知られたらいじめられるかもしれない。だから、本人にも周りにもバレないようにしてほしいと両親から頼まれたんだ」

ポーラは大人しくて気の弱い子だから、そんなことがわかったらいじめられる可能性が高い。転校しても、貴族間の噂はどこに行っても付きまとうから一緒だもの。

シーロンはポーラを守るためにやったことだと言いたいようだけど、だからといって、はいそうですか、と許せる問題ではない。

今、こうやって話ができているのは、ギル様に助けてもらったからだ。ギル様に助けてもらっていなかったら、恐怖とショックで立ち直れなかったかもしれない。

シーロンはそのことをわかってくれているのかしら。それに、脅されていたとしても、婚約者の私を見捨てなくても良かったんじゃないの？

そう考えた時、ギル様が口を開く。

「シーロン、今の学園長が社交界において権力があることはわかるし、妹が心配だったという気持ちもわかる。妹を守りたければ、アリカ嬢の妹とパーティーへ行けと脅されたのだろうが、アリカ嬢を危険に晒《さら》すことを良しとした理由がわからない。せめて事前にアリカ嬢に事情を話して、この日だけ彼女の妹のパートナーになると言えば良かったんじゃないのか？　なぜ、アリカ嬢を見捨てるような真似をしたんだ」

「だから、ロザンヌに言うなって脅されたんだ！」

シーロンは泣き出しそうな表情になって続ける。

「アリカに相談したら、ポーラのことを皆にバラすって言われたんだよ」

「私に話をしたことがロザンヌにバレなければ良かったんじゃないの？」

少しの沈黙のあと、シーロンは私を見つめて聞いてくる。

「アリカは本当に何もなかったのか？」

「どうしてそんなことを聞くの？」

「いや、本当に心配だから」

「私が襲われていたほうが良かったとしか思えないんだけど。あの時のあなたは私を助ける素振りも見せなかったわよね」

「違う！　あの時はロザンヌに話を合わせろと言われたんだ」

「どういうこと？」

聞き返すと、シーロンは眉尻を下げて答える。

「言い訳にしか聞こえないだろうけど、ロザンヌからは今回の目的は君のドレスを破るだけだと言われていたんだ。僕が大人しくしていれば君自身には危害を加えないから、君を助けるなって」

「本当にドレスを破られるだけだと思っていたの⁉　そんなのわからないじゃないの！」

「ロザンヌはそう言っていたんだよ！」

「どうして、ロザンヌの言葉を鵜呑《うの》みにするのよ」

私に言われて、やっとシーロンは気が付いたみたいで目を見開く。

「そうだ。そうだよな。ロザンヌの性格は僕も知っていたはずなのに」

シーロンが唇を噛み締めて項垂《うなだ》れると、ギル様がそんなシーロンを睨《にら》みつけて尋ねる。

「どうして、俺に相談しなかった」

「そ、それは、裏口入学の話を知られたくなかったんだ。それに、ギルに言っても意味がないだろう。たとえ公爵のギルでも今の学園長には敵わない」

「……悔しいことにその通りだ」

ギル様は大きく息を吐いてから続ける。

「俺は現公爵ではあるが、実際に仕事をこなしているわけではないからな。現学園長であるリキッド様と俺の発言力なら、学園でも社交界でも彼の圧勝だろう」

「それって、証拠を掴んでも握り潰されてしまうってことですか」

「そうなる。ああ、くそっ。そういうことなら、もっと先に手を打っておくべきだった」

私の質問に頷いたあと、ギル様は目を伏せてこめかみを押さえた。

「あの、どうかしたんですか？」

「いや、学園長が絡んでいるとわかっていたなら、違う対処をしていたのにと思ったんだ」

どういうことか全くわからなくてギル様を見つめると、彼は眉根を寄せて続ける。

「何のことかはあとで話すから、先に君たちの話を終わらせてくれ」

それもそうだと思い、私がシーロンに顔を向けると、彼が私に尋ねてくる。

「それよりも何度も聞くが、本当にアリカは何もされていないのか？」

「されていないって言っているでしょう。どうして、何度も聞くの？　ギル様が助けてくださったから大丈夫だって言っているじゃないの」

「それなら、本当に良かった。ドレスも大丈夫なんだな？」

「ええ」

羽織っていたギル様の上着を脱いで見せると、シーロンは複雑そうな表情で小さく息を吐いた。

どうして、がっかりしたような顔をしているのかしら。

疑問に思っていると、ギル様が口を開く。

「彼女の無事は俺も証言する。一つ気になるんだが、シーロン、お前はえらくそのことを気にしているようだが、それは本当に心配という気持ちだけなのか？」

「も、もちろんだよ」

「……まあいい」

ギル様は納得がいっていないようだったけど、私は深く聞くつもりはなかった。シーロンが大きく息を吸って私を見つめる。

「許されることじゃないってわかっているけど、僕はアリカのことが好きだし、これからも婚約者でいたい。都合の良いことを言っているのはわかっている。君の信頼を取り戻せるように努力するから、婚約者のままでいさせてくれないか」

「そんなの無理だわ」

考えるまでもなかった。彼の事情は理解できても、あんなに怖い目に遭わせずに、私に事情を話してくれれば良かったのにと思う気持ちが強かった。体調が悪いふりをしてパーティーを欠席することだってできたのだから。

「あんなことが起きるって知っていたのなら、忠告してくれても良かったはず。それなのに、何も教えてくれなかったじゃない」

「悪かったと思っているよ！　でも、どんなことになっても君の婚約者でいたかったんだ！」

「結構よ。こんなの婚約解消案件だわ。もちろん、脅されていたことは同情するし、裏口入学の話を公にすることも望まない。だって、ポーラは何も悪くないもの。親の勝手で子供が犠牲になっただけよ。それに、そうじゃないと私があんなに怖い目に遭った意味もなくなってしまうんだから」

助かったからといって怖かったのは事実だ。それなら、無意味に怖い思いをしたのではなく、ポーラの裏口入学の話が公にされないようにするためだったという理由があったほうが、まだ私の中では良いように思えた。

私に拒否されるとは思っていなかったのか、シーロンは悲しそうに表情を歪めた。

その時、部屋の扉がノックされた。

シーロンが返事をすると、低いけれどよく通る声が聞こえてきた。

「フラウ・リキッドだ。学園に侵入者が現れた件で確認したいことがあるんだ。中に入れてもらってもいいかな」

名前を聞いて、私たち三人の表情に緊張の色が走った。

フラウ・リキッド様というのは、リキッド家の先代公爵であり、この学園の現学園長の名前だった。

「思った以上に早いお出ましだな」

ギル様は呟くと、私とシーロンの顔を見て、小声で続ける。

「今は無理だと言いたいところだが、相手は学園長だからな。断ることはできないだろう」

「それに、断る理由もないですしね」

私が頷くと、シーロンが代表して返事をする。

「どうぞお入りください」

扉が開き、中に入ってきたのは、黒の燕尾服を着た高身長で細身の男性だった。

年は四十代半ばのはずだが、三十代前半と言われても納得してしまうくらいに若々しく見える。

整った顔立ちで、何も知らなければ素敵な紳士に見えるけれど、先程までしていた話のせいか、狡猾そうに見えてしまう。

プラチナブロンドの髪にエメラルドグリーンの瞳が、私が知っている誰かを彷彿とさせる気がした。でも、そう珍しくない色でもあるので、それが誰なのか思い出せない。

「話は聞いたよ。侵入者がいたみたいだね。女性が被害に遭いそうになったと聞いたが、君のことだね？」

「そうです。彼女です！」

私が口を開く前に、学園長の言葉に答えたのは、彼の後ろから現れたロザンヌだった。

どうやら彼女が学園長にこの場所を教えたらしい。先生と大人しくしていなさいと言ったのに、大人しくできずに学園長の所へ行ったのか、それとも、ことが公になったから学園長がロザンヌの所に行ったのか、今の段階ではわからない。

挨拶をしないわけにはいかないので、立ち上がって学園長にカーテシーをする。

「学園長にお会いできるなんて光栄ですわ」

「そんなに堅苦しくしなくて良いよ。それよりも、学園の警備が甘かったせいで、変な輩が入り込んでしまい、君にはとても怖い思いをさせたようだね。申し訳ない」

「……あんなことが起きるだなんて思ってもいなかったので、ショックを受けました」

「そうか。可哀想なことをしてしまったね。今、彼らを取り調べてもらっているが、知らない男に頼まれたとしか話さないみたいでね。どうやって学園に侵入したか聞いても、男が入れてくれたとしか言わないそうで、その男が一体誰なのか調べているところだ。見つかるといいんだが、あいにく、学園内には男がたくさんいるから困ったものだよ」

「学生かそうでないかくらいはわかるでしょう」

ギル様が言うと、学園長は彼に体を向けて苦笑する。

「それが、フードを被っていてわからないと言うんだ」

「声はどうなんです？」

「さあ？　そこまでは聞いていないが、声なんて覚えているものかね？」

学園長の声は独特でとても心地の良い声だから、彼が手引きしたなら、あの男たちだって声でわかるはず。それに、フードを被っていたとしても体形までは隠せない。

彼らに直接確認してみたいところだけど、無理なんでしょうね。

「特徴のある声なら覚えていると思いますがね」

「そうか。相手が特徴のある声だということを祈るしかないね」

学園長はそう言うと、ギル様から私に視線を戻す。

「君の家にも連絡を入れておいたよ。お父上が迎えに来るらしい。連絡してからかなり時間が経っているから、そろそろ帰る準備をしておいたほうが良いだろう」

「……お気遣いいただき、ありがとうございます」

「学園側としては当たり前の対応だよ」

学園長に向かって頭を下げてから、シーロンに話しかける。

「というわけで、私は帰らせてもらうから」

「待って。ちゃんと話がしたいんだ！」

「話は改めてしましょう。私のお父様と、あなたのご両親と一緒にね」

そう伝えたあと、今度はギル様に頭を下げる。

「父が迎えに来てくれるそうですので、本日は失礼いたします。助けていただき本当にありがとうございました。後日、父と一緒にお礼に伺います」

「君が悪いんじゃないんだから気にしなくていい」

「そういうわけにはいきません。……それから、上着を貸していただき、ありがとうございました」

本来ならば洗濯して返さないといけないところだ。このまま持って帰って良いものか戸惑っていると、ギル様が言う。

「夜は冷えるから、今日はそのまま着て帰ればいい。また違う日に学園で返してくれてもいいし、どうしてもお礼に来たいというのなら、その時に持ってきてくれればいい」

「ありがとうございます」

ギル様に深々と頭を下げ、学園長に軽く会釈して部屋を出ようとした時、ロザンヌに話しかけられる。

「本当に何もなくて良かったわぁ！　心配していたのよ！　でも、シーロンとの婚約はなしになっちゃうの？　残念だわ。二人は上手くいっていたのに」

「シーロンにはもっと良い人が見つかると思うわ。あなたなんてどうかしら？　お似合いだと思うけど」

軽く嫌みを返したところで、あることに気が付いて立ち止まる。

ちょっと待って。もしかして、私が感じていたことって——

ロザンヌは立ち止まった私よりもギル様が気になるらしく、私が驚いていることに気付いていない。

「……まさか」

呟いてから思わずギル様のほうを振り返ると、目が合った彼は不思議そうな顔をした。私がロザンヌに視線を向けると、彼は私の考えを察したのか少しだけ目を見開いた。

今、ここでは話せない。改めてギル様と話をしないといけないわ。

「……失礼します」

私を見つめているシーロンの視線には気が付かないふりをして、部屋を出た。

＊＊＊＊＊

パーティー会場の出入り口に向かうと、お父様が今にも泣き出しそうな顔で駆け寄ってきた。

「話を聞いた時は心臓が止まるかと思ったよ。大丈夫か？　怪我はしてないかい？」

「心配をかけてしまってごめんなさい」

「お前が謝ることじゃない。学園の警備が酷すぎるんだ」

お父様は私を抱きしめて背中を優しく撫でてくれた。

プリシラ様やロザンヌの私への冷遇を止められなくても、私はお父様が好きだった。だって、私にとっての家族はお父様しかいないんだもの。

プリシラ様とお父様が結婚するまでは、これからも家族二人で、お母様の分も幸せに暮らしていこうと約束していた。だから、お父様の再婚は寂しい気持ちはあったけれど、これでお父様が幸せになるのなら、良いことなのだと信じていた。

だけど、本当にこの結婚はお父様にとって幸せだったんだろうか？

今となっては、お父様が周囲の反対を押し切ってプリシラ様と結婚したことも、疑問に思えてくる。もしお父様とプリシラ様の結婚が、シーロンと同じように脅されたものだったとしたら？

学園長の介入を知った今、色々な疑惑が頭の中を駆け巡った。

「お父様、シーロンとの婚約の件でお話ししたいことがあります。それから他にもお父様に聞きたいことがあるんです。馬車の中で話をしても良いですか？」

「かまわないが、込み入った話なのかい？」

「……今日、学園長とロザンヌを同時に見たんです」

お父様は私の体を離すと、何かを悟ったような顔をして呟く。

「知ってしまったのか」

「わかりません。そうかもしれないと思っただけです」

「……そうだな。アリカが望むなら、今から家ではできない話をしようか――」

お父様は悲しげな顔でそう言った。

# 第二章

パーティーの翌日は学園はお休みだった。

昨日、私が帰ったあとのことをロザンヌに聞いてみた。

だけど、「ギル様といっぱいお話ししちゃった。ギル様ってわたしのことを好きだと思うのよね」なんて明らかに嘘の話をしてきて、私の質問には答えてくれなかった。さらに、私が借りた上着を欲しがって鬱陶しかったので、彼女の口から詳しい話を聞くことは諦めた。

今まではロザンヌたちから嫌なことをされても我慢するだけだった。そうすれば、私への興味も失せると思ったから。

だけど、我慢していてはエスカレートするだけだとわかった。お父様は私の幸せを優先してプリシラ様たちと戦うと言ってくれたから、私も戦わなくちゃいけない。

シーロンの家には婚約の解消を求めたが、本人が嫌がっているため、後日、両家で集まって話をすることになった。

本当は顔も見たくないけど、婚約を解消したい気持ちのほうが強いから覚悟は決めている。

警察から連絡があり、私を襲おうとした男たちはやはり、知らない男から私のドレスを破るように頼まれたと供述しているそうだ。彼らを学園内に入れた人間については、雰囲気は学園長に似ているらしいけれど、フードを目深に被っていたから顔はわからないとのことだった。

私が可愛かったから、ドレスを破るだけじゃなく他のこともしたくなったと話しているらしい。本当に危ないところだった。

男たちは平民の中でもガラの悪い者たちで、取り調べに慣れているから、余計に時間がかかっているみたいだった。でも、必ず、彼らには重い罰を与えると警察は約束してくれた。


休み明けの昼休み、昼食後にギル様のお気に入りの場所に向かった。

ロザンヌにどこに行くのかと聞かれたけれど、無視して置いてきた。教えたら一緒に行くと言い出してうるさいだろうし、どうせもう少しすれば、いつものように一人でギル様に会いに行くだろうと思ったからだ。

ギル様はいつもの場所で本を読んでいて、私に気付くと顔を上げて本を閉じた。

「風邪はひかなかったか？」

「上着を貸していただいたので大丈夫でした。ありがとうございました」

恐ろしいことがあった場所だというのに、躊躇《ちゅうちょ》なくここに来られたことが自分でも不思議だった。ギル様が座っているからだろうか。

強い視線を感じたような気がして、そちらに顔を向けると、向かい側のベンチからギル様の親衛隊として有名な女性二人がこちらを見ていた。

目をつけられても困るし、そろそろロザンヌも来るでしょうから、面倒なことにならないうちに早めに立ち去ることに決めた。

「先日は本当にありがとうございました。ギル様がいなかったら、私はどうなっていたかわかりません」

「役に立てたのであれば素直に嬉しいよ。ただ、無理をして笑う必要はないということだけは言っておく」

「ありがとうございます。これからは泣きたい時には泣きますし、怒りたい時には怒ろうと思います」

お父様と話をして少しスッキリしていた。だから、笑顔でそう言うと、ギル様も口元に笑みを浮かべた。

そういえば、ギル様は女性には愛想がないという噂だけど、そうでもないような気がするわ。恋愛感情を匂わせるような態度を見せなければ、普通に接してくださるということかしら。

「ギルバート様ぁ！」

甲高い声が聞こえて振り返ると、ギル様に手を振りながら笑顔で走ってくるロザンヌの姿が見えた。

ロザンヌも少しは考えることができるみたいで、ギル様の前ではギルバート様と呼び、彼のいない所ではギル様と呼び分けることにしたようだ。

「ごきげんよう、ギルバート様っ！　今日も良い天気ですね」

「……そうだな」

ギル様は私に向けていた笑みを消して、いつもの無表情に戻ると立ち上がった。

「失礼する」

「ええ!?　ちょっと待ってください、ギルバート様ぁ！」

ロザンヌが悲鳴に近い声を上げると、ギル様は私に「またな」と言って、親衛隊の人たちに視線を向けた。でも、何か言うわけでもなく、この場から去っていく。

「ちょっと！　アリカ！　あなた、何を抜け駆けしているのよ！」

ギル様の姿が見えなくなったところで、ロザンヌが憤怒の表情で私に掴みかかろうとしてきた。

「そこのあなた、その方はわたくしたちが愛してやまない、ギルバート様の大切なご友人ですのよ！」

「アリカ様を傷付けるというのなら、私たちが相手になりますわ！」

その時、さっきまで静かだった親衛隊の二人がベンチから立ち上がり、ロザンヌに叫んだ。

「な、何なの、あなたたち！」

ロザンヌは知らない女性たちに突然食ってかかられて驚いている。

ワガママで気が強いけれど打たれ弱いのがロザンヌだ。

親衛隊の二人のうちの一人は、私たちより一学年上の侯爵令嬢のユナ・コミン様だ。赤茶色の長い髪を揺らし、髪と同じ色の少し吊り気味の目を細めて、ロザンヌに尋ねる。

「あなたはギルバート様のことが好きなんですの？」

「そ、そうだけど、何か文句でもあるの!?」

「あるに決まっているでしょう！　わたくしたちはギルバート様公認の親衛隊です！　ギルバート様が認めた方でない限り、馴れ馴れしく近付くことは許しません！」

「な、何を言っているの⁉　好きな人に近付くことくらい好きにさせなさいよ！」

「あの方は公爵なんですよ！　誰でもかれでも気軽に話しかけて良い相手ではありません！」

もう一人の親衛隊の人にも怒られたロザンヌは涙目になって後退する。

「ど、どうしてわたしが怒られないといけないの⁉　何でアリカは良いのよ⁉」

「アリカ様はギルバート様に近付いても良いと許されているからですわ！」

いつの間にそんな許可が下りたのかはわからないけれど、ギル様と親衛隊の間で話がついているみたいだった。

親衛隊って、ギル様公認だったのね。さっき去り際に親衛隊を見ていたのは、あとは任せるといった感じかしら。

「だから、どうしてアリカは許されているのよ！」

「ギルバート様にそこまで詳しく聞いておりませんので理由はわかりませんが、あなたが許されない理由はわかりますわよ？」

コミン侯爵令嬢は顎に指を当てて微笑む。

「何よ、何なの⁉」

ロザンヌが答えを急かすと、コミン侯爵令嬢は笑みを消して答えた。

「だって、あなた性格が悪いでしょう」

「な、な、な、何ですって⁉」

「あら、誰からも注意されたことがないんですの？　随分甘やかされて育ってこられたのですわね。わたくしは自分の性格の悪さを自覚しておりますから、相手と言葉を選んでいますわよ？」

「わたしは普通に生きているだけよ！　性格が悪いなんてことはないわ！」

「お聞きしましたけれど、先日のパーティーではアリカ様の婚約者の方と出席されていたようですわね。それはなぜですの？」

「そ、それは、その、パートナーが見つからなかったし、シーロンがとても素敵だから！」

「自分勝手な理由ですわね」

コミン侯爵令嬢は鼻で笑って続ける。

「とても素敵だからって、自分の姉の婚約者をパートナーにするんですか？　普通の姉妹では考えられないことですわ」

「わたしとアリカは血が繋がってないの！　普通の姉妹と一緒にしないで！」

「友人のような関係だとおっしゃりたいの？　友人だったとしてもありえないことだと思いますけど」

「……というか、アリカはわたしの姉なんだから、妹に譲るべきじゃないの？」

「意味がわかりませんわ」

もう一人の親衛隊の人が眉根を寄せて言う。

「家族であろうと何であろうと、今アリカ様に暴力を振るおうとしたことは確かです。先生に報告させていただきますわ」

「伝えるなら女性の先生のほうがよろしくてよ。男性の先生はあてになりませんもの」

「そうですわね！」

親衛隊の人はコミン侯爵令嬢の言葉に頷くと、校舎に向かって走っていく。

コミン侯爵令嬢の言う通りだ。ロザンヌは男性教師には好かれているけれど、女性教師には贔屓《ひいき》されない、もしくは好かれていないかのどちらかなので、大目に見るということはしないだろう。

本当は教師が生徒を贔屓《ひいき》するなんて良くないことだけど、ロザンヌだけは許されているようなのでずっと不思議だった。

私は先日の一件でその理由がわかったけれど、他の女子生徒にしてみれば、ただロザンヌが可愛いから贔屓《ひいき》しているようにしか思えないでしょうね。

ロザンヌはさすがに先生に報告されたくないのか、もしくはコミン侯爵令嬢には勝てないと悟ったのか、私を睨《にら》みつけてきた。

「アリカ、家に帰ったら覚えておきなさいよ！」

「あら、怖い！　お家は危険ですわね。よろしければ、アリカ様、わたくしの家にいらっしゃいませんか？」

「はい!?」

聞き返したのは私だけでなく、ロザンヌもだった。

「ロザンヌ様と毎日、家で一緒だなんて、アリカ様が心配ですわ。わたくしは家族と一緒に暮らしているのですが、大きな屋敷ですし、部屋はたくさん余っていますのよ」

「い、いいえ、そんな、お世話になるだなんて滅相《めっそう》もないです！」

「遠慮はなさらないで！　もし、ご家族が許可できないとおっしゃるようでしたら、わたくしに相談してくださいませんか？　父から連絡させますので」

お父様を残して屋敷を出るのは心配だが、本当にお世話になれるのなら魅力的だ。プリシラ様たちから嫌がらせをされることはなくなるし、お父様も私が安全な場所にいるほうが安心できるかもしれない。

でも、コミン侯爵令嬢がここまでしてくださる理由がわからないわ。

不思議に思っていると、ロザンヌも同じことを考えたようで、コミン侯爵令嬢に尋ねる。

「どうして、あなたがアリカのためにそこまでするの!?　アリカはあなたにとって赤の他人じゃない！」

「赤の他人と言われればそうかもしれませんが、父からそうするようにお願いされていますの」

「ち、父って？」

ロザンヌはコミン侯爵令嬢が何者かわかっていないみたいなので、代わりに私が答える。

「こちらにいらっしゃるのはコミン侯爵令嬢よ。侯爵という爵位はお父様の爵位よりも上だからね」

「そ、そんなの知っているわよ！　……もういいわ！　勝手にすれば！　わたしはアリカが出ていくことには反対だからね！」

ロザンヌは逃げるように大股で去っていく。そんなロザンヌの背中を見ながら、コミン侯爵令嬢はクスクスと笑う。

「感情がすぐに顔に出て、わかりやすい方ですわね。まあ、顔だけでなく言葉にも出ていますけど」

「あの、コミン侯爵令嬢、先程のお話なのですが」

「突然のことで驚かれましたわよね？　でも、嘘は言っておりませんの。父から、いえ、正確に言うと、ギルバート様からのお願いですから」

「ギル様の？」

　理解できなくて聞き返すと、コミン侯爵令嬢は笑顔で答えてくれる。

「わたくしの父はギルバート様の補佐役ですの。ギルバート様がアリカ様を保護できないかとわたくしの父に相談されたものですから、我が家に滞在してもらったらどうかと申し出たんです。婚約者がいるのに、ギルバート様のお家に行くのは世間体が良くありませんからね」

　ギル様の気持ちはとてもありがたい。まさか、そこまで考えてくれているとは思ってもみなかった。

　この話を聞いて、ギル様は本当に私のことを友達として認めてくれたのだと実感した。

＊＊＊＊＊

ロザンヌとプリシラ様から反対があったものの、お父様は私がコミン侯爵家でお世話になることを許可してくれた。ただ、シーロンとの婚約解消が認められていないので、話し合いなどのためにもうしばらくは屋敷にいてほしいと言われ、二十日後の長期休みに入ってからという話になった。

ギル様には先日の件だけでなく、私を実家から逃がしてくれたことについてもお礼を言わないといけないわ。

どうしたらこの恩を返すことができるのかしら。

どれだけ考えても思い浮かばなかった。それに、気になることもあった。

お父様から聞いたのだが、ロザンヌが勝手に私の部屋に侵入して、ギル様の上着に頰ずりしていたらしい。洗濯に出す前だったからお父様は何も言わずにいたらしいけど、私がギル様の立場なら絶対にこの上着はいらない。

ロザンヌが上着に頰ずりしていたことを伝えるべきか悩んでいるうちに、レンウィル公爵邸にお礼をしに行く日になった。私はギル様の上着を持って、お父様と一緒に屋敷に向かった。

レンウィル公爵邸は三階建ての白亜の建物で、門からポーチまでの距離が長いため、馬車に乗ったまま移動する。

お礼に伺っただけだから、すぐに帰るつもりだった。でも、さすがにエントランスホールで立ち話というわけにはいかなかったのか、出迎えたメイドは私たちを応接室に案内した。

応接室は、調度品は少ないけれど置かれているものが全て高級品に見える。柔らかなソファに座り、緊張しながら待っていると、ギル様が入ってきた。補佐役のコミン侯爵も一緒だ。

「待たせてしまって申し訳ない」

制服姿ではないギル様は、いつもとイメージが違い、年齢よりも大人っぽく見えた。いつもなら下ろしている前髪を上げているからだろうか。

私の視線に気が付いたギル様は表情を緩める。

「制服の時とはまた違って見えるな。先日のパーティーもそうだが、今日のドレスも似合っているよ」

「ありがとうございます。制服姿じゃないギル様もとても素敵です」

社交辞令だとわかっているけれど、似合っていると言われるのは素直に嬉しくて微笑んだ。今日は、一張羅《いっちょうら》のドレスだから余計にだ。

その後、先日のお礼を改めて述べたあと、お父様は私の今後についてコミン侯爵と話をすることになった。

二人が話をしている間、私とギル様は庭園を散歩しながら話すことにした。シーロンと婚約関係にある状態で、他の男性と二人きりになるのは良くないので、メイドや騎士も一緒だ。

「あの、上着の件で謝りたいことがあるんです」

「どうかしたか?」

「実は……」

話すか話さないか迷った。でも、ロザンヌには気を付けたほうが良いという注意喚起も兼ねて、正直に頬ずりのことを話すと、ギル様は眉根を寄せた。

「あまり良い気分にはならないな。でも、知らないよりかは良かった。あの上着は、使用人の誰かにあげることにする」

「申し訳ございません！」

「……気にしなくていい。君が悪いんじゃないしな」

表情をあまり表に出さないギル様だけど、はっきりとわかるくらい嫌そうな顔になっている。

弁償しないといけないかしら。ギル様が着るものだから、かなりの値段がするものなんでしょうね。ロザンヌやプリシラ様の無駄遣いのせいで財政は厳しいけれど、助けていただいたんだから、何とかしないといけないわよね。

ため息を吐きたくなるのをこらえていると、ギル様は苦笑する。

「上着のことはもう忘れてくれていい。それよりも、あれからどうだ？」

「……父と色々話をして、実家でも過ごしやすくなりました。ギル様のおかげです。本当にありがとうございます」

「それなら良かった。大きなお世話なんじゃないかと思っていたんだ」

「とんでもございません。ロザンヌは特に悔しがっているので、その姿を見てスッキリした気分になっています」

「そうか」

ギル様は私を見て、安堵したような笑みを浮かべた。

「あの、話は変わるんですが、親衛隊はギル様の公認なんですね」

「ああ。色々とあってな」

ギル様は頷き、少しだけ間を空けて話し始める。

「昔の頃の話なんだが、俺に思いを寄せてくれている子がいたんだ。隣のクラスの子で話をしたことはなかったんだが、廊下でハンカチを落とした時にその子が拾ってくれて。感謝を伝えたら、その日から彼女は俺に好かれていると思い込み、自分を俺の彼女だと言うようになった」

「子供の頃とはいえ、大変な人に好かれたんですね」

そう言ってから、どうしてギル様がこの話をしてくださったのか気付いた。誰かがギル様を守るために親衛隊を作り、それをギル様が認めたのね。

「申し訳ございませんでした。興味本位で聞く話ではありませんでした」

「謝らなくていい。嫌なら話していない」

「ありがとうございます」

私は今まで親衛隊のことを誤解していた。ギル様を好きな人が集まって、勝手に親衛隊を名乗り出したのだと思い込んでいたのだ。

確かにギル様が自分で対応すると誤解を生む可能性がある。

ロザンヌのようにギル様に好意を持った女性が、必要以上に彼に近付かないように牽制《けんせい》するのが親衛隊の仕事なんだわ。

「あんなことがあったとはいえ、君の個人的なことに深入りしすぎてしまったのではないかと反省している。迷惑だと思ったら遠慮なく言ってくれ」

「迷惑なんかじゃありません！　ギル様は私の命の恩人なんです。感謝することはあっても迷惑だなんて思いません！」

「助けたのは当たり前のことだ。そのあとのことについて言っている」

「コミン侯爵家にお世話になる話でしょうか」

「そうだ。そこまでしなくても良かったんじゃないかと思ったんだ」

「私にとって本当にありがたいことです。感謝しています」

「そうか。余計なことをしたわけではないのなら良かった」

ギル様は頬を緩ませたあと、話題を変えてくる。

「不躾を承知で聞くが、パージ家との話し合いはいつするんだ？」

「明日です」

明日も学園の休日だった。

「……そうか。上手くいくことを祈っている」

「ありがとうございます」

「シーロンはそう簡単に君を手放すつもりはなさそうだ。もし、助けが必要ならいつでも声を掛けてくれ」

「シーロンが何か言っていたんでしょうか」

「ああ。婚約の解消は絶対にしたくないと言っていた。それでも、状況的に婚約解消するだけならできるだろうが、気になるのはそのあとのことだ」

ギル様は眉間に皺を寄せて、これから起こり得る仮説を話してくれた。その話を聞いて不安を覚えた私は、今すぐにギル様に助けを求めることにした。

＊＊＊＊＊

婚約解消の話し合いは、シーロンのご両親を屋敷に呼んで行うことになった。彼を抜きにして行われたのは、私が彼の顔を見たくなかったことと、彼に婚約者のままでいたいと言われても、私にはもうその気はないので無駄な時間を使いたくなかったからだ。

ちなみに彼のことはできれば思い出したくないので、呼び方をシーロンからパージ卿に変えることにした。

私があんな目に遭った時、パージ卿の態度は、私が襲われていたほうが良かったかのように見えた。どういう理由かはわからないけれど、あんな態度を取る人と結婚なんてできない。

すでにギル様がパージ家に連絡を入れてくれていたこともあり、パージ卿のご両親は、息子が酷い態度を取ったことを謝ってくれた。また、ポーラの裏口入学を公にしなかったことにお礼を言い、婚約解消も認めてくれた。

「彼は本当にお前を好きなようだけど、それならどうして、お前が襲われていたほうが良かったと思わせる態度を取ったのだろうか」

「本人に聞いてみなければわかりませんが、私はもう彼と話す気はありませんので」

パージ伯爵夫妻を見送ったあと、お父様の疑問に私はそう答えた。

どうしてあんな態度だったのかは私も疑問に思っている。普通に心配してくれるだけで良かったのに、彼はそうじゃなかった。あの時、あまり親しくないギル様のほうが心配してくれたんだもの。

書類上の婚約解消は上手くいったけれど、ギル様が心配していたことが起こるかもしれないから、まだ安心はできない。でも、とりあえずは前に一歩踏み出せたと思うことにした。


「結局、どうなったの？」

自室に入ろうとした時、ロザンヌが笑顔で隣の部屋から出てきた。

「婚約は解消できたわ。せっかくだし、あなたがパージ卿と婚約したら良いと思うわ」

「パージ卿？」

「シーロンのことよ」

「ああ、そうなのね！　アリカは本当に冷たいわよね。婚約解消しちゃったら赤の他人？　シーロンはあなたのことが好きだったんでしょう。少しは考えてあげればいいのにぃ。アリカにとっては遊びだったわけね」

「遊びなんかじゃないから婚約解消したのよ。それから、復縁なんてありえないのに考えてあげる必要はないでしょう」

冷たく答えて、自分の部屋に入ろうとして動きを止める。

「え？　なになに？　やっぱり悲しくなってきちゃった？」

ロザンヌがニヤニヤして聞いてくるので、こちらも笑顔を見せる。

「お借りしていたギル様の上着に、あなたが頬ずりをしていたって話をしたら、ギル様はすごく嫌そうな顔をしていたわよ」

「な、な、何ですって⁉　どうしてそのことをギル様に話すのよ⁉」

「口止めされてないもの」

笑顔で答えて、素早く部屋の中に入り鍵をかけた。

言ってやったわ！

今までは我慢して言い返すことなんてしなかった。性格の悪いことを言ってしまったと理解している。けれど、これくらいは言ってもいいわよね？

「ねぇ、ちょっと、アリカ！　ギル様は他にも何か言っていた⁉」

「さあ？　あなたの話なんてしたくもなさそうだったけど」

「ちょっと、それどういうことよ！　ねえ、アリカ！　答えて！」

ガチャガチャと何度もドアノブを回す音が聞こえた。無視して書き物机の椅子に座ると、騒ぎを聞きつけたメイドがやって来て、ロザンヌを部屋の前から追いやってくれた。

ロザンヌがプリシラ様に私を怒るようにお願いすることは目に見えている。だからこの日は、婚約解消の件で疲れていると嘘をつき、食事は部屋に持ってきてもらい、ロザンヌやプリシラ様と顔を合わせないようにした。

＊＊＊＊＊

次の日の朝、教室の近くまで来たところで、廊下にパージ卿が立っているのが見えて足を止めた。

パージ卿は女子生徒たちに話しかけられているが、上の空といった感じで彼女たちの相手をしていた。

彼と話すことなんてない。かといって、教室に入らないわけにもいかないし……

困っていると、私に気が付いたパージ卿が駆け寄ってくる。

「アリカ！　話がしたいんだ！」

「……話すことなんてないわ」

「聞いてくれ。あの時の態度は本当に悪かったと思っている。だけど、それは本当に君のことを好きだからで」

「本当に好きでしたら、この場からいなくなるのが正解だと思いますわよ」

私とパージ卿の間に入ってくれたのは、背後から現れたコミン侯爵令嬢だった。

「な、あなたは、ギルの」

「わかっているんでしたら話が早いですわね。あなたのクラスはこちらではなくってよ。自分のクラスを忘れてしまったようでしたら、わたくしが案内して差し上げますわ」

驚いているパージ卿にコミン侯爵令嬢はそう言うと、私に笑顔を向ける。

「アリカさんは教室にどうぞ」

「……よ、良いのですか？」

「もちろんですわ。だって、この方はアリカさんにとっては元婚約者で、顔も見たくない相手でしょう」

「それはそうなんですが」

私が頷いたことがショックだったのか、パージ卿が泣きそうな顔で訴えてくる。

「アリカ聞いてくれ。あんな聞き方をしてしまったのは、本当に君が好きだからなんだ！」

「パージ卿、あなたこそ聞いてください！　もう私とあなたの関係は終わったんです。これ以上、私に必要以上に近付くことはやめてください！」

「アリカ！」

パージ卿が私に手を伸ばしてきた。私はそれを避け、コミン侯爵令嬢に向かって無言で頷いた。

「さあ、パージ卿。あなたの教室へ案内しますね。変に駄々をこねて手荒な真似をしなければならないなんてことはご免ですわよ」

「アリカ！　友達からでいい！　またやり直したいんだ！」

私が何も答えずに教室に入ると、パージ卿の声は聞こえなくなった。声が聞こえなくなったのは良かったけれど、私たちの会話は教室にいた人たちには丸聞こえだった。

「何あれぇ？　アリカ、大丈夫だった？」

ロザンヌが下品な笑みを浮かべて聞いてきたけれど、無視して席に着いた。

パージ卿の待ち伏せはギル様が予測してくれていた。だから、コミン侯爵令嬢がちょうど良いタイミングで助けてくれたのだ。


どうしたら、パージ卿は私を諦めてくれるのかしら。

そんなことを考えていたら、すぐに昼休みの時間になった。

食事を終えて、朝のことを自分の口からギル様に伝えようと思い、いつもの場所へ走った。私が着いた時にはギル様はベンチに座っていて、本を広げたところだった。

近付いて声を掛けようと思ったけれどやめた。私の前を歩いている男性がパージ卿だったからだ。かなり離れた場所にいるからか、パージ卿もギル様も私の存在には気付いていない。

パージ卿に見つかりたくなくて、近くの木の陰に隠れた。

私たち以外誰もいない静かな中庭にパージ卿の声が響く。

「アリカのことで話があるんだ。ちょっと来てくれないか」

「ここでは駄目なのか」

「ああ。少ししたら、親衛隊やロザンヌが来る可能性があるから」

ギル様は納得したのか、無言でベンチから立ち上がった。

パージ卿は私のことで話があると言った。一体何を言うつもりなのかしら。聞いてはいけないと思う気持ちと、自分のことだからこのままにしてはいけないと思う気持ちで葛藤したあと、結局、二人のあとを追いかけた。

今朝のようなことがまた起こるかもしれないのなら、ギル様を巻き込む形にはなってしまうけれど、ちゃんと話をつけなくちゃ。

二人の背中が見えなくなる前に追いついて、小走りでついていく。

二人が向かった先は用具倉庫しかない。この倉庫は文化祭などの学園行事がある時以外は使わないので、生徒は基本的には近寄らない場所だ。

どのタイミングで声を掛けようかと思った時、パージ卿の声が聞こえた。

「どうして、僕の邪魔をするんだ！　今朝、コミン侯爵令嬢が来たが、あれは君の仕業だろう！」

「親衛隊に指示したのは俺だが、俺に助けを求めたのはアリカ嬢だ。それにユナ嬢は元々アリカ嬢のために動くと言ってくれていた」

「それはコミン侯爵令嬢が君にいい顔をしたいからだよ。これ以上、アリカを傷付けるのはやめてくれ」

「アリカ嬢を傷付ける？　それはお前だろう。彼女を大事に思うなら、もう彼女に近付くな」

二人の会話が始まってしまい出るに出られなくなった私は、二人からは見えない場所で立ち止まった。二人とも私が追いかけてきたことに気付いている様子はない。

話しかけるタイミングを窺《うかが》っていると、パージ卿が叫ぶ。

「ギル！　僕にとってアリカがどんな存在か知らないから、君はそんな酷いことが言えるんだ！　僕はずっとアリカのことを大事にしてきたんだぞ⁉」

「大事にしてきただと？　まるで彼女が襲われていれば良いような態度を見せておいてよく言え

るな」

「あの時の態度についてはちゃんと反省しているんだ！　つい、あの時はっ」

声をかければ良いのに、動けなかった。パージ卿に気持ちが残っているわけではない。どうしてあんな酷い態度を取ったのか答えを知りたかったからだ。

「あの時は何だ？」

「アリカが襲われれば、永遠に僕のものになると思ったんだ」

パージ卿の答えは、私には意味不明だった。

どうしてそんな風に思えるの？

困惑していると、ギル様がパージ卿のネクタイを掴んで言う。

「妹の不正がバレたら婚約を解消されると思って焦り、アリカ嬢の純潔が奪われれば、妹の件がバレたとしても婚約したままでいられると思ったのか？」

「ああ、そうだよ。この国の貴族は初めての女性を好むからな」

「傷付いた彼女にどういう言葉をかけるつもりだったんだ？　君は悪くない。僕がいるとでも言うつもりだったのか？　ドレスの件もそうだ。悲しむ彼女を慰めて、良い婚約者であることを見せつけたかったのか」

「うるさい！　そうだよ！　あの時はそんなことを考えていたんだ！　だけど、今はそんな酷いことは考えたりしない！」

「彼女を傷付けてまで自分に縛り付けたいくらい好きだったのか？　そんなことを望むなら、彼女に自分の気持ちを伝えれば良かっただろうが！」

「簡単に言わないでくれ！」

「彼女は妹の裏口入学を聞いたからといって、君との婚約を解消するような人じゃない。どうして、彼女を信じなかったんだ」

「それはそうかもしれない。でも、あの時は他に思い浮かばなかったんだ！」

「違うだろう。お前は自分のことしか考えなかったんだ」

ギル様は掴んでいたネクタイを放し、パージ卿と距離を取った。

「……そうだ。僕は最低な奴なんだ。だけど、アリカのことが好きなのは確かなんだよ！」

「お前は最初は妹のためにと思っていたんだろう。だが、アリカ嬢が暴漢に襲われたと聞いて、咄嗟にロザンヌ嬢の嘘の話を信じ込もうとした。そうすれば、アリカ嬢を手放さなくて済むと思ったんだろう？」

「もうやめてくれ、ギル！　言われなくてもわかっているよ！」

パージ卿は耳を押さえてその場で膝をついた。ギル様はそんなパージ卿を悲しげな表情で見つめた。でも、すぐに険しい表情に戻り、冷たい口調でパージ卿に言い放つ。

「幸いアリカ嬢は無事だった。何があったか知っているのは俺たちだけだ。彼女の身に起きたことは口外するなよ？　面白おかしく騒ぎ立てる奴が出てきて、彼女が苦しむかもしれないからな」

「わかってるよ」

二人の会話が途切れたので、ギル様に声をかける。

「ギル様」

名前を呼ぶと、ギル様は慌てた表情になった。

「……アリカ嬢。どうしてここにいるんだ」

「申し訳ございません。お二人がこちらへ歩いていくのを見て、追いかけてしまいました」

「すまなかった。こんな所でする話じゃなかった」

ギル様は駆け寄ってくると、優しい声音で促してくる。

「とにかく戻ろう。君のクラスまで送る」

「大丈夫です。一人で戻れます」

ショックを受けたのは確かだった。まさか、パージ卿がそんな風に考えていただなんて思っていなかったからだ。

ポジティブな人間なら、それだけ彼に愛してもらえていたと考えることができるのかしら。たとえそうだとしても、私はそんな性格じゃないし無理だわ！

パージ卿が憔悴《しょうすい》した顔で近寄ってくる。

「アリカ、本当にすまなかった。だけど、僕は君のことを誰よりも」

「パージ卿」

パージ卿の話を遮り、彼の目を見つめて話す。

「好きだと言ってもらえるのは嬉しいけれど、その気持ちを理由に、酷いことを考えたり実行に移したりする人なんて私はお断りだわ」

パージ卿の目に涙が浮かんだ。

「今までありがとう。さよなら」

パージ卿の目から涙がこぼれて、頬から顎に流れ落ちた。

自分の口で伝えないといけなかったのね。これでもう何もしないでくれれば良いけど――

涙を流すパージ卿を見つめ、ギル様に一礼して、その場を離れた。

＊＊＊＊＊

気分が高揚しているのか、心臓がドキドキする。今までの私ならあんなことは言えなかった。言いたいことを言えるようになれたのであれば、少しは成長できているということかもしれない。

「……アリカ嬢！　本当にすまなかった。人が来ない場所とはいえ軽率なことをした。あんな話、聞きたくなかっただろうに」

教室に戻ろうとする私を追いかけてきたギル様が頭を下げた。

「いいえ。別れられる良いきっかけになりました。これで、パージ卿が諦めてくれると良いんですが」

「君のことを本当に好きだと言うのなら諦めるだろう。気持ちを押し付けるのは君のためにならないと気付いただろうから」

「そうなることを祈ります。それから、ギル様、本当にありがとうございました」

「何のことだ？」

ギル様は不思議そうな顔をして聞いてきた。

「朝、コミン侯爵令嬢が来てくださったおかげで、それ以降の休み時間にパージ卿が教室に来ることがなかったんです」

「お礼を言うのなら彼女に言ってくれ。俺は何もしてないから」

「ギル様、失礼を承知で言わせていただきますが、助けを求めたのは私なものの、友人だからといって何から何までしてくださらなくても良いんです。あの、なぜ、こんなことを言うかと言いますと、別に迷惑に思っているとかではなく、あまりにも甘やかされてしまうと、私が弱いままだからです」

「そうだな。やりすぎるのも君のためにはならないよな」

ギル様は優しく微笑む。

「母から、女性には気遣いを忘れないようにと言われ続けてきた。でも、前に話した通り誤解されることもあったから、女性にはなるべく関わらないようにするために、ユナ嬢たちに頼っているんだ。自分自身で責任がとれないのに首を突っ込むなと言われるかもしれないが、君を不快にさせるつもりはなかったことだけはわかってほしい」

「それは理解しております！　せっかくのご厚意に対して失礼なことを言ってしまい申し訳ございません」

「謝らないでくれ。俺が勝手にやりすぎてしまったんだ。これからは気を付ける」

「やりすぎなんてことはありません！　本当にありがたく思っています！」

ギル様には感謝しかないのだけど、どうしたら伝わるかしら？

ギル様のお気に入りのベンチが見える所まで来ると、きょろきょろと辺りを見回すロザンヌの姿が見えた。するとロザンヌの背後からコミン侯爵令嬢たちが現れ、ロザンヌは彼女たちが苦手なのか慌ててその場を離れていった。そんなロザンヌを親衛隊が追いかけていく。

それを見たギル様が周りに人がいないことを確認してから、小声で私に話しかける。

「ロザンヌ嬢のことなんだが」

「……何でしょうか」

「君はあの時、俺に何かを伝えようとしてくれていたよな」

私はロザンヌと学園長の関係性について、ギル様に話をしていなかったことを思い出した。

「お父様に確認したんですが」

この先を言っていいものかわからなくて躊躇《ちゅうちょ》する。言ってしまえば、確実にギル様を巻き込むことになるからだ。すると、ギル様が口を開いた。

「俺も調べてみたが、ロザンヌ嬢の父親は亡くなったと言われているようだな」

「はい」

「でも、本当は亡くなってなどいなくて、父親は学園長なんだろう？」

公爵家なんだもの。お父様が調べられることを調べられないわけがない。それなら、知らないふりをしても意味がないわね。

「……そうではないかと、お父様は言っていました」

「君のお父上はどうやって、そのことを知ったんだ？」

「……父は母が亡くなってから、幼い私が眠ったあとに平民向けの酒場に出入りしていたんです。貴族がよく行く場所だと一人でゆっくりできないので、軽く変装をして護衛と一緒に行っていたそうです。お母様を亡くした喪失感を喧噪《けんそう》で紛らわせようとしていたと言っていました」

「静かな場所だと色々と考えてしまうからな。気持ちはわからないでもない」

頷くギル様に微笑み、私は続ける。

「その店で働いていたのが、ロザンヌの母のプリシラ様でした。ある日、お客さんから奢ってもらったお酒を飲んで酔っ払ったプリシラ様が、自分は娼館で働いていたけど身請けされて貴族の子を産んだと話していたそうです」

「それを聞いた周りはどんな反応だったんだ？」

「酔っ払いの話なので、周りも最初は相手にしていなかったようです。それはお父様も一緒でした」

リキッド様が学園長に就任した時、酔っ払ったプリシラ様はこう叫んだらしい。

『どうして、あの人は学園長になったのにロザンヌを自分の学園に通わせてくれないのよ！　あの人の子なんだから、ロザンヌはもっと優遇されていいはずよ！』

それを聞いたお父様は、相手が誰だか気付いてしまった。

「その時に君のお父上は知りたくもないことを知ってしまったわけだな」

「はい。プリシラ様の言っていることが本当か嘘かはわからなかったので、お父様は何かするつもりはなかったんです。でも、プリシラ様には学園長の監視がついていたみたいで、お父様に知られたことがバレてしまったみたいです」

「監視をつけている意味があるのか？」

「それは私も思って聞いてみたら、監視役といっても念のためつけていただけの素人で、一緒の店で働いている店員だったみたいです。だから、一緒に酔っ払っていたという、何とも間抜けなお話ですよね」

「その監視役が、酔いが冷めたあとに学園長に話したのか」

「はい。それで、お父様は学園長から脅されたんだそうです。お前は知らなくていいことを知ってしまった。言うことを聞かなければ、大事な娘がどうなるかわからないぞ、と言われたんだそうです」

「悪いのはそのプリシラという女性だろう？　どうして君のお父上を脅すんだ？」

「平民が通う店に行った父が悪いと言われたと言っていました。貴族が平民のいる店に行ってはならないという規則はありませんが。母のいなくなった寂しさは一年くらいで落ち着いたようですが、その酒場は市井の人の声を聞くのに良かったそうで、つい習慣的に足を運んでいたようです」

「脅すなんて信じられないな。……といっても、悪人に常識が通じるわけもないか」

ギル様は大きく息を吐き、再び尋ねてくる。

「話せないのなら話さなくても良いが、もしかして、君のお父上が再婚したのは学園長の命令なのか？」

正直に話して良いのか迷い、ギル様を見つめる。すると、困っている私に気が付いたのか、ギル様は微笑む。

「俺を巻き込むことを悪いと思っているのなら気にしなくていい。俺が知りたいから聞いているだけで、そのせいで学園長に目をつけられたとしても覚悟はしている。というか、もうすでに目をつけられているだろうしな」

「どういうことでしょうか」

「パーティーの日、学園長はロザンヌ嬢と一緒に現れただろう。俺に関係性を知られて困るなら一緒には来なかったはずだ」

「それはそうかもしれませんが、それだけで目をつけられたということになるのでしょうか」

「俺が学園長の立場なら、目をつけているだろうな。話を戻すが、監視目的でロザンヌ嬢の母であるプリシラという女性を、君のお父上に嫁がせたのだろう」

「お父様は貴族の娘になったロザンヌが学園に通えることになるから、プリシラ様は自分と結婚したがっていた、と言っていました。でも、プリシラ様の本当の目的は、お父様を監視することだったんでしょうか」

「役に立たない監視かもしれないが、学園長にとっては彼女が結婚してくれたほうが良かったんだろう。彼女自身も、今までよりも贅沢な暮らしができるだろうからな」

「それはそうかもしれません」

プリシラ様とロザンヌの散財で、実際に我が家の家計は苦しくなり始めている。

「ロザンヌ嬢たちと離れてコミン侯爵家で過ごせば、君も少しは楽になるだろう」

「ありがとうございます」

「君のお父上は、学園長にお荷物を押しつけられた形になったようだな」

お荷物というのはプリシラ様たちのことでしょうね。

私が頷くとギル様は苦笑した。

その後は他愛ない話をしながら、教室まで送ってもらった。


この日から、パージ卿は私に接近しようとしなくなった。

先日、認められた婚約解消の理由は、パージ卿がロザンヌと浮気したからだということになった。

ロザンヌは最初、私が他の男性と遊んでいたと嘘をついていた。でも、パーティー会場でロザンヌとパージ卿が一緒にいるところを見た人はたくさんいたし、パージ卿もロザンヌの嘘を否定したから、誰もロザンヌの言うことを信じなかった。

こんなことを言ってはいけないかもしれないけれど、二人のことはもうどうでも良かった。私とパージ卿はもう一切関係ないのだから、思い出したくもなかったのだ。

どうせなら、ロザンヌとパージ卿が婚約すれば良いのにとも思った。でも、残念なことにお互いに興味はないようで、話すこともなくなったらしい。

ロザンヌがパージ卿を欲しがったのは、私から奪いたかっただけらしい。それを考えると、ロザンヌの思う通りになってしまったみたいで腹が立つ。

でも、あんなことがあったのだから、パージ卿との婚約を解消できて本当に良かったと心から思う。

＊＊＊＊＊

パージ卿との婚約が解消されてすぐ、私は新たな婚約者を探すことになった。

ありがたいことに数人から釣書をいただいた。でも、数日すると、こちらが何か言う前に断られるということが続いた。最初はロザンヌが学園長に頼んで私の邪魔をしているのかと思ったけれど、そうでもなさそうだった。

どうしてそんなことになるのか真剣に悩んだ私は、昼休みにいつもの中庭でユナ様に相談してみた。

「あの、ユナ様。このまま婚約者が決まらなかったら、私が伯爵位を継ぐことになるのでしょうか」

つい先日から、コミン侯爵令嬢のことをユナ様と呼ぶようになっていた。ユナ様と一緒にいると気持ちが落ち着くので、最近の昼休みは彼女と一緒にいることが多い。

「絶対にないとは言いませんけれど、この国は女性が爵位を継ぐことをあまり良しとはしておりませんからね」

ユナ様は少し考えてから続ける。

「誰かの妨害なのかどうかは父に調べてもらいますわね。だから心配しなくても大丈夫ですわよ」

「ありがとうございます、ユナ様」

「どういたしましてですわ。……そうだわ。婚約者の件ですけれど、あちらにいらっしゃる男性なんていかがかしら」

「あちら？」

ユナ様が手で示した方向にはギル様しかいない。

「ギル様しかいませんが」

「ですから、ギルバート様のことですわ！」

「ええっ⁉」

大きな声を出してしまい、ギル様が驚いた顔で私たちを見つめる。

ギル様は素敵だと思う。でも、身分の差があるし、何よりギル様は公爵を継いでいるので婿には来てもらえない！　というか、その前にギル様に拒否されてしまうだろうから無理だわ。

「ユナ様、そんな話をしただなんてギル様が知ったら大変ですよ」

「あら。ギルバート様も婚約者は探していますのよ。ですが、父やギルバート様の周りの人たちの目が厳しすぎるのです。ですから、わたくしはアリカさんを推薦しておきますわね。ギルバート様とアリカさんが婚約すれば、あの鬱陶しいロザンヌさんはそれはもう悔しがるでしょうね」

ユナ様はロザンヌのことをかなり嫌っている。だからか、ロザンヌの話をした時のユナ様はとても悪い顔をしていた。

「で、ですが、万が一、私が認めてもらえた場合、伯爵家はロザンヌの旦那様が継ぐことになってしまいます。それは嫌なんです」

「それも心配いりませんわ。ただ、色々と面倒だということは確かですけれど」

「どういうことでしょうか」

「わたくしたちだけで話す内容ではありませんから、本格的にこのお話が進むことがあればお話ししますわ」

ユナ様はそう言って満面の笑みを浮かべた。

ギル様が私の婚約者になったら、家のことを考えると悩ましいけれどお父様は喜んでくれるでしょうし、ロザンヌはとても悔しがるでしょうね。本当は男性なんてしばらくは懲り懲りなんだけれど、家のためにはそうはいかない。

ギル様が相手だったら嬉しい。……なんて、贅沢な願いをすぐに打ち消し、不思議そうにこちらを見ているギル様に笑顔を見せて誤魔化した。


そして、それから三日後の休日。

いつもよりも遅い時間までベッドの上でまどろんでいると、足音が近付いてきた。すぐに部屋の扉が叩かれ、寝ぼけた声で返事をすると、扉の向こうからメイド長の声が聞こえてきた。

「アリカさん！　早く部屋から出て来てください！　レンウィル公爵がお見えになっています！」

「レン……ウィル……こー……しゃく」

ぼんやりした頭でそう口にした瞬間、一気に目が覚めた。

「レンウィル公爵!?」

「そうです！　旦那様とお約束なさっていたそうです！　アリカさんにも同席してほしいとのことです」

ギル様が!?　お父様も約束していたのなら、どうして話をしてくれてなかったのかしら。

ベッドから飛び起きると同時に、ロザンヌの叫び声が聞こえた。

「ちょっと、どういうこと？　ギル様が来ているの!?　どちらにいらっしゃるの!?」

「応接室にご案内しています」

「アリカ！　わたしが応対しておくから、あなたはゆっくり来ればいいからね！」

ロザンヌはもう起きて着替え終わっていたようだった。廊下を慌ただしく走っていく足音が聞こえる。

一体、ギル様は私の家に何をしに来られたのかしら。ふと、先日のユナ様との話を思い出す。まさか、あの件じゃないわよね？

水色のワンピースドレスに着替え、今日に限って特に酷い寝癖を隠すためにシニヨンにして、慌てて部屋を出た。

応接室の前まで行くと、扉の前でロザンヌがウロウロしているのが見えた。

「……何をしているの？」

「お父様が中に入っちゃ駄目だって言うのよ！」

「それなら大人しく部屋に戻りなさいよ。ギル様はあなたに用事はないはずよ。ここにいても無駄だと思うわ」

「何よそれ。アリカには用事があるってこと？　どうしてわたしにじゃないのよ⁉　あ、もしかして、アリカ、ギル様に嫌われるようなことをしたとか？　それで、二度と顔を見たくないって言いに来られたのかしら」

不機嫌そうにしていたロザンヌは、そう勝手に結論付けると、にんまりと笑う。

「そういうことね。じゃあ、アリカと話をしたあとにわたしと会ってくれるつもりなのね。プロポーズとかされちゃったらどうしよう！」

どうしたらそんな前向きな思考になれるのか知りたいわ。

私が呆れていることなど気にもせずに、「きゃーっ」とロザンヌが両頬を押さえた時だった。

私の声が聞こえたのか、応接室の扉が開いてギル様が顔を出した。

「おはよう、アリカ嬢。連絡が入っていると思っていたんだが、そうではなかったみたいだな」

「おはようございます、ギル様！　お待たせしてしまい申し訳ございませんでした」

「君のお父上と話をしていたから問題ない」

「おはようございます！　ギルバート様っ！」

ロザンヌが私を押し退けてギル様に挨拶をすると、ギル様は私に向けていた柔らかい表情を消して、無表情になった。

「おはよう、ロザンヌ嬢」

「わたしとのお話はいつになります？　アリカと話をしたあとですか？　楽しみにしていますね！」

「……君と話す予定はないんだが」

「ギル様、そんな意地悪なことを言わないでください。……わたし、泣いちゃいますよ？」

「君は何を言っているんだ？　それから、俺はギルバートだと言っているだろう。そんなに名前が覚えられないなら、レンウィル公爵と呼んでくれ」

「レンウィル公爵は他人行儀すぎます」

ギル様はロザンヌと話が通じないと諦めたのか、私に話しかけてくる。

「中で話せるか？　君のお父上もいるし、俺の補佐役もいるから二人きりじゃない」

「もちろんです！　あ、あの、最初に伺っておきたいのですが、私が何かしたわけではないですよね？」

「ん？　ああ、もちろんだ。君にお願いがあって来たんだ」

「私にお願い、ですか？」

役に立てるかどうかはわからないが、とにかく話を聞くために中に入ろうとすると、ロザンヌが私の腕を掴んだ。

「わたしも一緒に聞きたいわ！」

「あなたには関係ないでしょう？」

「関係あるわよ！　だってわたしはアリカの妹なんだから！　それに待っていられないの！」

「こんな時だけ都合よく妹だって言うの？　信じられないわ！」

自分本位にも程があるでしょう！

「ルージー伯爵令嬢、悪いが、俺は君と話をするつもりはない。君は部屋に戻ってくれ」

「で、でもっ！　アリカは悪い子なんですよ？」

「アリカ嬢は悪い子ではない。俺にしてみれば、君のほうが悪い子だよ」

ギル様はロザンヌを冷たい目で見つめ、私の腕を掴んでいるロザンヌの手を指差す。

「アリカ嬢を放してくれ」

「ど、どうしてですか？」

「いいから放せ」

「……そんなっ！」

ロザンヌは涙目になってギル様を見つめた。普通の男性なら慌てて彼女を慰めるところなのに、ギル様は動揺する気配はない。

「わたしの涙目に落ちないだなんて。……まあ、そういう、クールなところも好きなんだけど」

ロザンヌは小さな声で言うと、素直に私の腕から手を放した。すると、ギル様が私を促す。

「彼女の相手をいつまでもしていられない。中に入ってくれるか」

「はい。ご迷惑をおかけして申し訳ございません」

中に入ると、ギル様が扉を閉めて鍵をかけた。

部屋の中にはお父様と、ユナ様のお父様であるコミン侯爵もいた。私が頭を下げると、口元に笑みを浮かべて手を上げた。

どうしてお父様がいるのにギル様が外に出てきたのかしら。

「勝手なことをしてしまい申し訳ない」

私が疑問に思ったと同時にギル様が頭を下げた。すると、お父様も立ち上がって頭を下げる。

「こちらこそ、ご迷惑をおかけしてしまい申し訳ございませんでした」

「俺がそうしたいと言ったんです。だから気にしないでください」

ギル様はお父様に微笑むと、お父様の隣に座った私に話しかける。

「今日は、ユナ嬢から相談されたことを君に話したくて来たんだ」

まさか、まさか、本当に起こりえる出来事なの？

冷静になるために深呼吸してから、ギル様に聞いてみる。

「えっと……どんなお話でしょうか？」

ギル様は私の向かい側のソファに腰を下ろすと、隣に座るコミン侯爵を見つめた。すると、コミン侯爵がそばに置いていた革の鞄の中から書類を取り出し、私に差し出した。

「確認をお願いします」

「か、確認ですか？」

わけがわからないまま書類を受け取ると、目を通す前にコミン侯爵が教えてくれる。

「それはギルバート様の釣書になります。確認していただき、できれば良い返事をいただきたいと思っております」

コミン侯爵の言葉を聞いて、私は思わずお父様を見た。お父様は私の視線に気が付いて優しく微笑む。

「アリカの気持ちを優先すれば良いよ。あとのことは大人が考えることだからね」

お父様の言葉を聞いたあと、今度はギル様を見た。私と目が合ったギル様は照れくさそうに微笑む。

「俺も同じ意見だ。それから、君がこの話を断っても、今の関係が変わることはないから安心してくれ」

私のほうは断る理由などない。でも、ギル様の相手が私なんかでいいの？

簡単に出せる答えではない。そう思っていながらも、断る理由がない私は、跡継ぎの件などの難しい話は大人に任せることにして、このお話を受けることに決めた。

だけど、焦る必要はないし、気持ちが変わることもあるかもしれないからと、正式な返事はもう少し待ってくれることになった。


ギル様たちを見送り、部屋に戻ろうとすると、ロザンヌが自分の部屋から出てきた。

「ねえねえ、アリカ！　ギル様は何て言っていたの？　アリカのことが嫌いだとかそんなことかしら。ねえ、わたしについて何か言っていた？」

「嫌いというよりも逆の話ね。それから、あなたの話は出ていないわ」

「逆ってどういうこと？」

「レンウィル公爵はアリカを婚約者にしたいって言ってくださったんだよ」

不思議そうにしているロザンヌに、お父様が笑顔で答えた。すると、ロザンヌは信じられないと言わんばかりに大きく目を見開いた。かなり動揺しているようで、言葉を発することもできないみたい。その様子を見て笑いそうになったが我慢して、歩き出したお父様に話しかける。

「ギル様はとてもお優しい方ですね」

「そうだな。それに見る目がある。アリカが今まで頑張っていたことを認めてくれたのだものな」

お父様とそんな話をしていると、我に返ったロザンヌが追いかけてくる。

「ちょ、ちょっと待ってよ！　嘘よね⁉　そんな嘘をついて良いと思っているの⁉　相手は公爵なのよ⁉」

「だって嘘じゃないもの」

「嘘じゃないって、嘘よ！　嘘としか考えられないじゃない！　ギル様がアリカに婚約を申し込むだなんて、天と地がひっくり返ってもありえないわ！」

「あなたにとってありえなくても、ギル様にとってはありえないことではないみたいよ」

「……嘘よ、そんなの！」

ロザンヌはギル様に直接確認しようとでも思ったのか、エントランスホールのほうに走っていく。ロザンヌの姿が見えなくなってから、お父様に言う。

「今のうちに部屋に戻ろうと思います」

「そのほうが良さそうだ。そうだ、アリカ」

「何でしょう？」

「あんなことがあったあとだから、新たに婚約するなんて気持ちにそう簡単にはなれないはずだと、レンウィル公爵もわかってくださっている。だから、このお話を無理して受けなくてもいいからね」

「ありがとうございます。でも、このお話をお断りしたら、私は一生後悔しそうな気がするんです」

パーティーの日に助けてくれたギル様だから良いのであって、他の男性が私の婚約者になったら、あの時の恐怖をわかってもらうには一連の話をしなければならない。話す状況になってみないとわからないけれど、あの時のことを思い出して怖くて口に出せない気がした。

「それなら良いよ。レンウィル公爵は、家柄は申し分ないし外見も素敵だから、アリカは苦労するかもしれないけどね」

「それはわかっています。でも、今までは何をするにもどうせ駄目だと諦めたり我慢したりして、気持ちを押し殺してきましたが、挑戦したくなったんです。もちろん、軽い気持ちではありません」

「そうか。いかにもいい加減そうな男なら止めたかもしれないが、レンウィル公爵なら私も安心だよ」

ギル様の後ろ盾があれば、お父様も少しは楽になるかもしれない。

私やお父様の事情にギル様を巻き込んでしまうのは心苦しい。でも、この話を断っても友人のままでいてくれるのであれば、何かあればギル様は私たちを助けようとしてくれるでしょう。それなら、婚約者という近い立場で私もギル様の役に立ちたい。婚約者に選んでくれたのは、私に使い道があるからよね？　それなら、恩に報いるようにしなくちゃいけないわ！

そう決意した時、ロザンヌの叫び声が聞こえてきた。

「悔しい！　どうしてよ！　どうしてアリカが選ばれて、わたしが選ばれないの!?　おかしいじゃないの！　わたしのほうが彼のことを好きなのに！」

そして、すぐにプリシラ様の声も聞こえてくる。

「ロザンヌ、一体何があったの!?　ちょっとアリカ！　説明しなさい！　ロザンヌが泣いているじゃないの！」

プリシラ様が私を呼ぶ声を聞いたお父様は苦笑する。

「アリカ、彼女たちの相手は私がしておくから部屋に戻りなさい」

「ありがとうございます、お父様」

素直にプリシラ様の所へ行っても良いことはない。面倒なことはお父様に任せて、私は自分の部屋に戻った。

そして、この日からコミン侯爵家にお世話になる日まで、ギル様が派遣してくれた女性兵士が交代で私に付いてくれた。そのおかげで、ロザンヌやプリシラ様からの嫌がらせがなくなり、平穏な日々が過ごせたのだった。

# 第三章

学園が長期休みに入ると、予定通り私はコミン侯爵家に引っ越しをした。

お父様と離れるのは寂しい。でも、コミン侯爵家はそう遠くない場所にあるのでいつでも会いに行けるし、ユナ様と一緒なので新しい生活を明るい気持ちでスタートできた。

引っ越しの次の日、お父様とコミン侯爵家で待ち合わせをし、正式に婚約の話を受けると伝えるためにレンウィル公爵邸へ向かった。

馬車の中で、今の家の状況をお父様に聞いてみると、ロザンヌは相変わらず私とギル様との婚約が不満らしく、どうして相手が自分ではないのかと、お父様を責めているそうだ。

「私とギル様の婚約の話は、プリシラ様から学園長に連絡がいっているのでしょうか」

「そうだろうね。でも、相手がレンウィル公爵だから、向こうも何もできないだろう」

「婚約する相手をロザンヌに変更しろとは言ってこないでしょうか」

「アリカよりもロザンヌが優れているのならその可能性はあるが、二人のどちらかなら、アリカのほうが良いという貴族がほとんどだと思う。だから、リキッド様もそんな話はできないはずだ」

「でも、ロザンヌは男性に人気がありますよ」

「貴族は特に、結婚したい人と好きな人とは違う場合が多い。そもそも親が許さないだろうしね」

「では、多くの人は感情を押し殺して結婚しているということですか？」

「最初はそうだという人が多いと思う。でも、いつかは心を通わせることがほとんどだよ」

お父様が優しい笑みを浮かべて、私を見つめて言った。

お母様とお父様はどうだったのかしら。仲の良い二人の姿しか知らないからわからないけれど、ギル様と私もいつかは二人のような仲の良い夫婦になれるのかしら。

話をしているとすぐに時間は過ぎ、レンウィル公爵邸に着いた。


応接室に案内され、婚約を承諾する意を伝えると、ギル様がホッとしたような顔をした。

「もしかして、私が断るかもしれないと思っていました？」

「そりゃあ、まあ。俺は厄介な人間だから」

「厄介？　ギル様がですか？」

「ああ。自分で言うのもなんだが、俺は女性に人気があるらしい」

「それは間違っていませんね」

「だから、君に迷惑をかけるかもしれないと思ったんだ」

「女性の嫉妬を受けるかもしれないということですね。それは覚悟しています。私こそギル様に迷惑をかけないように」

「そのことで話がある」

ギル様は私の言葉を遮って言った。

「今後、もし君にとって厄介なことや不安なことがあれば、遠慮などせずに必ず話をしてくれ。きつい言い方をするが、迷惑をかけたくないから言わなかったとあとから言われることが俺は嫌なんだ」

「……承知しました」

ギル様に真剣な顔で見つめられて、大切な話をしているというのに胸がときめいてしまった。

「くだらないことでも何でもいいから、話をしてくれたら嬉しい。俺には話すなと言われても、黙っていることが君の不利益になるようなら必ず言ってくれ。もちろん、俺も君の様子がおかしければ気付けるように心掛ける」

「ありがとうございます。自分一人で抱えているほうがギル様に迷惑をかけるのだと考えるようにします」

「ありがとう。夜会などでは君から離れないようにするが、茶会は女性がメインだから俺が出席するのは無理だ。茶会に出席する時はユナ嬢や君の友人と出席するようにしてくれ。どうしてもユナ嬢たちの都合がつかない場合は、俺に反対されたと言って断ってくれ。俺がいないのをいいことに、学園長が君を狙う可能性もあるから」

ギル様の話を聞いて、私の隣に座っているお父様が口を挟む。

「過去にリキッド様からアリカの名前を出して脅されたことがあります」

「夫人もこのまま黙っていないでしょうね」

ギル様の言葉にお父様は頷く。

「ロザンヌが毎日、文句を言っていますから、妻はリキッド様に連絡を入れているでしょう」

「用心していたほうがいいはずです。ロザンヌ嬢を可愛がっているからこそ、先日のように接触してきたのでしょうから」

「そうですね。リキッド様は人を脅すような方です。まさかそこまでしないだろう、という考えは甘いですね」

お父様は頷くと、私を見て話す。

「レンウィル公爵の婚約者になったら、アリカの命が狙われるようなことはなくなるかもしれないと思ったが、そうではないようだ。だけど、レンウィル公爵と婚約すれば、アリカの命を守っていただけるかもしれない。そんな大きなことになってしまって本当に申し訳ない」

「悪いのはお父様じゃありません！　学園長やプリシラ様たちです！　どうせ命を狙われる可能性があるなら、私はギル様と生きる道を選びます！」

そう宣言すると、お父様は眉尻を下げて唇を噛み締めた。でも、すぐに「ありがとう」と言って微笑んだ。

「アリカ嬢」

「何でしょうか」

名前を呼ばれたのでギル様に顔を向けると、ギル様が真剣な表情で口を開く。

「人の助けを借りることも多々あるだろうが、必ず君を守る」

心臓がドキドキして胸が痛い。誰かからこんなことを言われる日が来るだなんて思っていなかった。

「よろしくお願いいたします」

赤くなった頬を隠すために、深々と頭を下げた。

＊＊＊＊＊

長期休みは一か月ほどあり、たくさんの宿題が出されていた。でも、ユナ様が勉強を教えてくれたおかげで、十日も経たないうちに終わらせることができた。

この時期は晴れる日が多く気温も心地よいため、家族で旅行に出かける人が多い。だから、学園は長期休みになっている。

コミン侯爵家も例に漏れず家族旅行に出かけるとのことで、私はお留守番だと思っていたら、一緒に行こうと誘ってもらえた。図々しいと思いながらも参加させてもらうことにしたのは、ギル様も一緒だったからだ。

今回の旅行は、ユナ様の婚約者や、ユナ様のお兄様であるリイド様の婚約者も一緒なので、ルード様がせっかくだからとギル様も誘ってくれたのだった。ルード様というのはコミン侯爵のことで、ルード様もコミン侯爵夫人であるサザリー様も私のことをとても可愛がってくれている。

大人の女性というのはプリシラ様のような人ばかりだと思い込んでいた私にとって、優しいお母様といった感じだ。

ルード様は私のお父様も誘ってくれたけれど、残念ながら仕事が忙しくて一緒に来られなかった。全員で一緒に行動するとなると、使用人や護衛騎士もいるから人数が多すぎるということで、私はルード様とサザリー様、そしてギル様と一緒に観光地を回ることになった。

婚約者になると決めたあの日から、どうしてもギル様を意識してしまって、今日も隣を歩く彼を直視することができない。

ルード様とサザリー様はそんな私の様子に気が付いていて、微笑ましいといった感じで見守ってくれているのがわかるから、余計に恥ずかしい。

「……リカ……アリカ嬢！」

ギル様から呼ばれていたことに気が付いた時には、彼の顔がすぐ近くにあった。私は驚いて飛び跳ねる。

「はっ！　はいっ！」

「そんなに驚かなくてもいいだろ。……ルードとコミン侯爵夫人が、アリカ嬢はどこに行きたいか聞いているんだが、ずっと上の空だよな。気分でも悪いのか？」

「い、いいえ！　元気です！」

「無理をしているんじゃないだろうな。店に入って休んだほうがいいんじゃないか」

ギル様がさっきよりも顔を近付けてきたので、思わず後退りする。

「だ、大丈夫です！　元気です！」

「そうか？　いつもよりも顔が赤い気がするんだが。熱があるんじゃないか？」

「ありません！　大丈夫です！」

「でも、いつもの顔色じゃない」

ギル様は眉根を寄せて私の顔を見つめ、なかなか私から離れようとしてくれない。すると、サザリー様が微笑みながらギル様に声を掛けた。

「ギルバート様、アリカさんのことが心配なのはわかりますが、本人が大丈夫だと言っているのですから信じてあげてはいかがですか」

「でも、顔がいつもよりも赤いんですよ」

「赤いことは確かですが、病気のせいではありませんわ。ギルバート様、アリカさんをお借りしてもよろしいかしら」

「そうだな。女性同士のほうが話しやすいでしょうし、お願いします」

ギル様が頷いて離れると、サザリー様は笑顔で私に近付いて耳元で囁く。

「ギルバート様は恋愛面は本当に鈍い方ですわね」

「そうかもしれません」

「絶対にそうですわ」

ギル様とサザリー様は気が置けない仲らしく、サザリー様は遠慮なくギル様の前で大きなため息を吐いた。それを見たギル様が、困った顔をしてサザリー様に尋ねる。

「俺は何か嫌なことをしたんでしょうか」

「そうですわね！　でも、今はわからなくてもよろしいですわ。さあ、行きましょう、アリカさん。

男性は男性同士で楽しんでもらいましょう」

「で、ですが」

「男性同士で楽しむことはできますわよね？」

文句など言わせない、といった様子で、サザリー様がギル様とルード様に向かって微笑んだ。

「な、なぜ、夫人は怒っているんだ？」

「ギルバート様、あなたが悪いとまでは言いませんが、あなたが原因ですので、ここは大人しく頷いておくのが賢明です」

「そ、そうなのか？　でも、アリカ嬢の体調は心配だ」

ルード様に助言されても、ギル様はまだ私の様子を気にしてくれていた。

「あの、ギル様、私は大丈夫ですから！　私は歩くのが遅いのでサザリー様と一緒に歩かせていただきます。これから行く場所はギル様とルード様が決めてくださいませ」

そうお願いすると、ギル様はまだ納得いかないといったような顔をしたが、ルード様に促されて歩き出した。二人が離れてから、サザリー様にお礼を言う。

「あの、ありがとうございました」

「お礼を言われることではなくってよ。それにしても、ギルバート様は観察力はおありですけど、女性の気持ちまではわからないようですわね」

「今回はわかってもらわなくて良かった気がします」

「あら、どうして？　アリカさんの気持ちを知ったら、ギルバート様はもっと意識してくれると思いますわ」

「迷惑だと思いますので」

そう言ってから、ギル様の言葉を思い出した。

『くだらないことでも何でもいいから、話をしてくれたら嬉しい』

でも、この気持ちを口にしないことは、私やギル様にとって不利益にはならないから良いわよね？　だって、この気持ちは育ち始めたばかりなんだもの。伝えるにはまだ早い。

「男性陣に行く場所を任せたのは良いですけれど、どこへ行くつもりかしらね」

サザリー様が呟いた時、前方を歩いていたギル様とルード様が立ち止まった。そして、ルード様がサザリー様に手で何か合図をした。

「大変。この場から離れたほうが良さそうですわ」

サザリー様が緊迫した表情で言った時だった。

「そこにいるのはレンウィル公爵とコミン侯爵じゃないですか」

聞こえてきた声が、学園長のものだとわかり緊張が走る。

「アリカさんを頼みます。アリカさん、あなたは大人しくしておいてくださいな」

サザリー様は護衛たちに素早く指示をし、私と学園長の間に人の壁を作らせると、自分はルード様たちの所へ歩いていく。

「ごきげんよう、リキッド様」

「コミン侯爵夫人もいらっしゃったのか。……ということは、ここには仕事で来ているわけではなさそうですな」

「ええ。そうなんですの。リキッド様もご旅行か何かで?」

「そうなんですよ。学園が休みだから、少し羽根を伸ばそうかと思いましてね」

サザリー様と学園長が会話をしているうちに、護衛の一人が私に小声で言う。

「気付かれないうちに、この場を離れましょう」

「わかりました」

何も悪いことをしていないんだから、学園長に見つかっても別にかまわないはずだ。でも、脅されている以上は極力、彼との接触は避けたかった。

「そういえばレンウィル公爵、ご婚約が決まったそうですな。おめでとうございます。お相手は確か、複数人の男のお相手をしているご令嬢でしたかな?」

明らかな挑発に足を止めて振り返る。

「学園長ともあろうお方が、どこの誰が話したものかもわからない、嘘の話を信じているだなんて驚きですね」

姿は見えないけれど、学園長に言葉を返すギル様の声に動揺した様子はなかった。

「……どういう意味かね?」

「そのままの意味ですよ。そんなでたらめな話を、どこの誰から聞いたのか教えていただきたいです」

「確かな情報筋だよ」

「ぜひその方を紹介していただきたいですね。その情報は間違っていると教えないといけませんので」

「レンウィル公爵、君はアリカ嬢のことを知らないんだろう。彼女は」

「お言葉ですが、あなたよりも私は彼女のことを知っているという自信があります。余計なことはおっしゃらずに、その噂をあなたにした人物の名前を教えていただきたい」

ギル様がそこまで言ったところで、私は護衛に急かされて歩みを再開する。

確かな情報筋というのはどういうことかしら。きっと、プリシラ様のことよね？

今の様子だと、学園長は私の嫌な噂を流して、ギル様との婚約をなくそうとしているんだわ。

結局、今回の旅行は、学園長のせいでほとんど宿から出られず、ただのんびりするだけで終わってしまった。それでも、宿泊先は高級宿だったので、毎日、違った美味しいものが食べられたし、ユナ様たちとお話しすることも楽しかったから、あっという間に時間は過ぎた。

＊＊＊＊＊

楽しい長期休みはあっという間に終わり、新学期を迎えた。

久しぶりに学園に行くのは憂鬱だが、公爵家に嫁ぐのであれば、学園は卒業しておかないといけないことくらいはわかっている。

私は結局、レンウィル公爵家に嫁ぐことになったのだ。この休みの間にお父様と話をして、ルージー伯爵家の跡継ぎは養子を取るという方向で考えていると教えてもらった。

この話をプリシラ様にしたら、お父様にも危害を加える可能性があるので、今の段階では秘密裏に動いているのだそうだ。何も知らないプリシラ様は、私がギル様の婚約者になったことは許せないけれど、ロザンヌの婿になる人が伯爵家を継げると思い込んで、それはもうご機嫌らしい。

ロザンヌは今も不機嫌で、婚約者はどうしてもギル様が良いと言っていると聞いた。

最初は私の悪い噂を流して婚約破棄させようとしていたみたいだけど、学園長との話のあとギル様がすぐに手を回してくれたおかげで失敗に終わった。

その噂が嘘だということや、そんな話をする人物がいた場合はレンウィル公爵家に連絡するようにと社交界に広めたからだ。

ギル様はまだ若いけれど公爵だし、コミン侯爵家やギル様に付いている他の側近の人も社交界で大きな影響力を持っている人たちばかりだ。嘘か本当かわからない噂を話すことで自分の家を潰されたくない多くの貴族は、その話を口にしなくなった。

教室に入って友人のルミーと挨拶を交わし、休みはどうしていたのか話をしていると、ロザンヌが一直線に私の所へやって来た。

「ちょっと、アリカ！　いつ、ギル様との婚約を解消するの？」

「……何の話？」

「わたし、知っているんだから！」

「……だから何の話なの？」

「アリカが他の男性と遊んでいるってこと！」

「……ロザンヌ、あなた、何も聞いてないの？」

大きなため息を吐いてから尋ねると、ロザンヌは焦った表情で聞き返してくる。

「どういうこと？」

「社交界で私が多くの男性と遊んでいるという噂が流れていたそうだけど、それはデマだとギル様が広めてくれたの。それに、そんなことを言う人間がいたら、ギル様に報告することになっているのよ」

「ほ、報告されたら、どうなるの？」

「あなたがどこでその話を聞いたのか確認されるでしょうね。ギル様ではなく、プロの方から」

「プロの方って何よ？」

「そりゃあ、尋問のプロでしょう」

この国には、警察とは別に拷問が得意な尋問のプロがいる。ロザンヌでもそのことは知っていたようで、彼女の顔がみるみるうちに青ざめていく。

「ね、ねぇ、アリカ、まさか本当にそんなことはしないわよね？　脅しているだけよね？」

ロザンヌの声は震えていたが、優しくする必要はないので冷たく答える。

「脅しなんかじゃないわ。だって、人の名誉を傷付ける噂を広めているのだから、それなりの罰を受けることは当たり前じゃない？　それに、ロザンヌ、その噂はあなたも誰かから聞いたんでしょう？　素直に誰から聞いたか答えれば痛い目に遭わなくて済むと思うわよ」

「そ、それは、誰かが話しているのを聞いただけで、誰だったかとか覚えていないのよ」

「どこでその話を聞いたの？」

「あーもう、忘れちゃったわ！　その、違っていたのならいいのよ。もしかしたら、その話はアリカのことを言っていたんじゃないかもしれないし」

ロザンヌは明らかに動揺していて、大きな声でそう言った。謝りもせずに自分の席に戻っていこうとする彼女の背中に声を掛ける。

「謝ってくれるわよね？」

「……え？」

ロザンヌは立ち止まって、ゆっくりと振り返る。

「さっきの発言に対して、謝ってくれるのよね？」

「聞き間違いをしただけなのに謝らなくちゃいけないの？」

「それはそうでしょう。嘘の話を、さも本当にあったみたいに決めつけていたじゃない。私に謝るべきなんじゃないの？」

「……アリカ、あんまり意地悪言わないでよ。わたしたちは姉妹じゃないの」

「姉妹だと思っているなら、そんな話を聞いたら、その場で否定するのが普通だと思うわ。でも、あなたは私に確認もせずにその嘘を信じたのよね」

「信じたっていうか、ほら、パーティーの日にあんなことがあったから」

「そういう言い方をするということは信じたということよね」

教室の中は静まり返っていて、私とロザンヌの会話を皆が集中して聞いているのがわかった。

「どうしてわたしがアリカなんかに謝らないといけないのよ！」

ロザンヌはヒステリックに叫んだあと、ハッとしてすぐに口を押さえた。

クラスメイトの男子はロザンヌの正体に気付き始めていたものの、まだ彼女に夢を見ている人もいる。そのことをロザンヌもわかっているから、涙目になって可愛い女の子の演技を始めた。

「アリカ、そんなにわたしのことが嫌いなの？　どうしてそんなにわたしを責めるの？　わたしは悪気なんて本当になかったのよ！」

「ロザンヌ、いい加減にして。か弱いふりをしても無駄よ」

「ふりなんかじゃないわ！　ねえ、聞いて！　アリカが酷いの！」

ロザンヌは今まで彼女の味方をしていた男子生徒の一人に声を掛けた。でも、彼は目を逸らして聞こえていないふりをする。

「ねえ、どうして無視するの？」

ロザンヌは声を震わせて男子生徒に尋ねた。

「……無視はしてないよ。ただ、君のアリカ嬢への態度が良くないと思っただけだ」

男子生徒はそう答えると、机に突っ伏して寝たふりを始めた。

「そんな！　酷いわ！　今までは優しくしてくれていたじゃない！　自分の身が可愛いからって態度を変えるなんて、そんなことをする人のほうが良くないじゃないの！　あなたは男性でしょ!?　可愛い女性を守るのは当たり前のことじゃないの!?」

ロザンヌは周りにいた男子生徒全員に聞こえるように訴えかけた。でも、誰も反応することはなかった。男子生徒の態度もどうかと思うけれど、誰もロザンヌを庇《かば》う気にもならないようだ。彼女がどう動くかを見守っていると予鈴が鳴った。

結局、ロザンヌは謝らないまま自分の席に着いた。

ロザンヌはその後も謝ることはなく、今までは私と一緒に食べていた昼食も男子生徒の輪の中に無理やり入って食べていた。男子生徒は拒否することができず、ロザンヌに話しかけられると反応するので、ロザンヌの機嫌が少しずつ良くなっていくのがわかった。

長期休み明けはただでさえ憂鬱だというのに、昼休みに入った頃から雨が降ってきた。

昼休みはギル様の所に行こうと思っていた。でも、雨の日はあのベンチには行かないとギル様は言っていたので会えないのが残念だと思っていると、教室にギル様がやって来た。

「ギルバート様ぁ！」

ロザンヌが一番にギル様に気が付いて駆け寄っていくと、ギル様は手を前に出して彼女を制する。

「近寄らないでくれ。俺にはアリカ嬢という婚約者がいる。彼女に誤解されるような真似はしたくない」

「ご、誤解されるような真似って、ほ、本当にギルバート様はアリカと婚約をしたんですか⁉」

「そうだ。君はアリカ嬢と姉妹なのだからよく知っているだろう」

ギル様はロザンヌの横を通って教室の中に入ってくると、私を見つけて微笑む。

「話がしたいんだが、少しだけ時間をもらえるかな」

「……もちろんです！」

友人たちがニヤニヤしているのを横目で見ながら立ち上がり、ギル様の所に駆け寄った。

「周りに聞かれて困る内容でもないが、ここでは話がしにくいから教室を出るか」

「はい」

周りの視線が自分たちに集まっていることに気が付いたギル様はそう言うと、先に歩き始めた。

でも、その前にロザンヌが立ちはだかる。

「待ってください、ギルバート様！　アリカはまだシーロンのことを忘れられていないんです！　そんな女性を婚約者にしてもいいんですか⁉」

どうやらロザンヌは例の嘘の噂を口にすれば、自分が痛い目に遭うということは理解できたらしい。だから、今度はパージ卿の話を持ち出してきた。

「ギル様、そんな話は嘘です」

ギル様は私を見て頷いてから、ロザンヌに視線を戻した。

「別にそうだとしてもかまわない。これから俺のことを好きになってもらえばいいだけだろ。ということで、ロザンヌ嬢、この答えで満足してくれないか」

「っ⁉」

ギル様の答えを聞いて声にならない声を上げたのは、ロザンヌだけでなく私もだった。

「本当にわたしよりもアリカがいいって言うんですか？」

「そうだが、何か問題でもあるのか？　というか、そもそも、どうして俺が君を選ばないといけないんだ？」

ギル様が不思議そうな顔で尋ねると、ロザンヌは必死の形相で叫ぶ。

「だって、わたしはこんなに可愛いんですよ。正確には綺麗って言うのかもしれませんけど。それに、この体形を保つために努力もしているんです！　それなのに、何の苦労もしていないアリカを選ぶって言うんですか？　おかしいと思います！」

「アリカ嬢だって色々と苦労している。それは君もよく知っているはずだろう」

「人生の苦労ではありません！　お洒落に対する苦労です！　アリカは普通の人がやるようなお手入れしかしていません！」

「それで十分だろう。大体、俺は外見だけで人を判断するつもりはない」

ギル様はきっぱりと告げると、私のほうを振り返る。

「待たせたな、アリカ嬢。行こうか」

「待ってください、ギルバート様！」

「触るな」

ロザンヌがギル様の腕を掴もうとしたけれど、ギル様に一喝されて動きを止めた。

「学園内だということと、君がアリカ嬢の妹だから多少の無礼な態度も許していたが、俺に触れようとしたり、不遜な態度がこれ以上続くようなら容赦しないぞ」

「え、だって、そんな、触れるくらい良いじゃないですか」

「君に触れられても良いと思う男性がいるのかもしれないが、俺はお断りだ。婚約者以外の女性に必要以上に自分の体に触れられたくない」

「そ、そんな、どうしてわかってくださらないんですか⁉」

「理解できるわけがないだろう。余計なお世話かもしれないが、異性に馴れ馴れしく触れようとするのはやめておいたほうが良い」

「わたしはこんなにギルバート様を思っているのに！」

「気持ちはありがたいが、俺はアリカ嬢がいればいい」

ギル様は聞いている私が赤面してしまうような恥ずかしいセリフをさらりと言ってのけた。本人は照れた様子は全くなく、私だけが照れてしまっている。

この場だけの嘘だとわかっていても、嬉しくて顔がにやけそうになってしまい、俯く。

駄目よ。顔を赤らめていたら、またギル様に心配されてしまう。

「アリカ嬢」

名前を呼ばれ、慌てて顔を上げると、ギル様はすでに扉の前まで移動していた。

「大丈夫か？」

「申し訳ございません！　すぐに行きます！」

ロザンヌの横を通り過ぎた時、呟くような声が聞こえた。

「絶対に渡さないわ」

ロザンヌを見ると、彼女は今までに見たことのないような恐ろしい顔をしていた。彼女の様子が気にはなったが、ギル様を待たせるわけにはいかないので教室の外に出る。

「すまないな。本来ならいつもの場所で会うつもりだったんだが、あいにくの雨だろう。だから君のクラスまで来てしまった。だが、俺が行くと騒ぎになってしまうようだから、これからは雨の場合に待ち合わせる場所を決めようか」

「え!?」

まさか、雨の日でも会ってもらえるなんて思わなかった。驚いて声を上げると、ギル様が少しだけ焦った顔になる。

「俺に何か伝えたいことがあった時、雨だと俺のクラスに来ないといけないから嫌だろうと思ったんだ」

「それは、そうですね」

ギル様と学年は同じだけど学科が違うので、彼の教室は別の校舎にある。

そのおかげで、彼と同じクラスのパージ卿と顔を合わせにくいことは助かっていた。

「待ち合わせできそうな場所を調べておくよ。君が来なかったら静かに本を読める場所を選んでもいいかな」

「それはもちろんです」

そんなことを言われてしまったら、雨の日は何もなくてもギル様に会いに行ってしまいそうだわ。

ふわふわする気持ちを何とか落ち着かせたあと、今朝起こったロザンヌとの出来事をギル様に話したのだった。

昼休みが終わる少し前に教室に戻ると、ルミーたちがニヤニヤして話しかけてきたけれど、すぐに予鈴が鳴ったから助かった。

ロザンヌの様子が気になって見てみると、自分の席で泣いていた。隣の席の男子になぜ泣いているのか聞いてみると、私が教室を出て行ってから、ああやってずっと泣いているのだと教えてくれた。

「誰も慰めないの？」

「ギルバート様に睨《にら》まれたくないから」

隣の席の男子は素っ気なく答えた。

今回の件でロザンヌの化けの皮が剥がれた上に、ギル様を敵に回したくない人がほとんどなので、ロザンヌに近寄らない人が増えた。ロザンヌは泣いていれば誰か声をかけてくれると思っていたのに、誰も声をかけてくれないからか、突然叫び始めた。

「どうして、皆、わたしを慰めないの⁉　女子でも男子でもいいじゃない！　泣いている女の子を慰めないなんて、最低な人間の集まりだわ！」

叫び声と同時に、次の授業の先生が教室に入ってきた。ロザンヌに向けられていたクラスメイトたちの視線は、すぐに先生に切り替わる。するとロザンヌは、先生に向かって怒り始めた。

「どうしてわたしが話しているのに邪魔するんですか！　今日は体調が悪いんで帰ります！」

予想外の出来事に、私だけじゃなくクラスメイトも先生も、鞄を持って教室を出ていくロザンヌをただ見送ることしかできなかった。

＊＊＊＊＊

「新学期初日から大変でしたのね」

夕食時のダイニングルームで、ユナ様に今日の出来事を話すと、ロザンヌを完全に馬鹿にしているユナ様はくすくすと笑った。

「笑い事じゃないんです。一応、彼女は私の妹ですから、周りからは一括りにされてしまいます」

「アリカさんとロザンヌさんの血が繋がっていないことは周知の事実ですし大丈夫ですわ」

「ですが、社交場で誰かにロザンヌを紹介することになったら、彼女を妹として紹介するんですよ？」

「……そう言われてみればそうですわね。ギルバート様の義理の妹にもなるわけですから、どうにかしたい問題ではありますわね」

ユナ様はそう言うと、向かいに座って一緒に食事をしていたサザリー様に問いかける。

「お母様、ロザンヌさんの存在はアリカさんの良くない噂になりますでしょうか」

「そうね。ただ、アリカさんのお父様は、ロザンヌさんのお母様といつかは別れるつもりなのでしょう？　それなら問題はないと思うわ」

サザリー様は手にしていたフォークを皿に置いてから、話を続ける。

「とは言うものの、相手の方は平民ですわよね。そうなると、アリカさんのお父様との離婚を嫌がるでしょうね」

「そうなんです。別れてくれたとしても、莫大な慰謝料を請求してくるんじゃないかと思います。今の家はお父様にとって生家ですし、私のお母様と過ごした家でもありますから、土地家屋を売ることだけはしたくないと言っていました」

「お金の面なら援助できるけれど、嫌な人にお金を渡すなんて嫌よね」

サザリー様は、困ったと言わんばかりに小さく息を吐いた。

「プリシラ様たちにお金を渡すのは嫌ですが、ギル様やコミン侯爵家にお金を出していただくのも嫌です」

「気持ちはわかるわ。でも、主人から聞いたけれど、迷惑をかけるのが嫌だからといって一人で抱え込まないようにとギルバート様に言われたんでしょう？」

「そ、それは、そうなんですが」

慌てた声を出すと、サザリー様は微笑む。

「今はまだ話す時期ではないかもしれないけれど、ギルバート様には早めに話をしておいたほうがいいわね。黙っていたと思われるよりかは良いでしょうし、いざとなった時にギルバート様も動きやすいと思うから」

「わかりました」

それからは話題を変え、デザートを食べ始めた時に、ルード様がダイニングルームに入ってきた。

難しい顔をしているので、サザリー様が尋ねる。

「どうかなさったの？　仕事で何かありまして？」

「いや、あまり良くない話を聞いてな」

ルード様が話したのは、近いうちに行われるという夜会のことだった。王城で開かれるらしく、前々からギルバート様に招待状が来ていたそうだ。問題は、今日追加で連絡があった内容だった。

「そういえば、あなた宛にも届いていたんじゃないかしら」

サザリー様が言うと、ルード様は頷いてから私に目を向ける。

「アリカ、ギルバート様から連絡があると思うが、少し厄介なことになりそうだ」

「どういうことですか？」

「トマス様がアリカに会いたいと言っている」

「……トマス様って、第三王子殿下のことでしょうか」

「ああ、そうだ」

「どうして私に？　ギル様の婚約者だからですか？」

今まで王族と接点のなかった私に考えられるのはそれくらいしかなかった。

「それもあるが、リキッド様の力が働いているようだ。リキッド様は陛下と仲が良いから、陛下にアリカを誰かの妻にと推薦したんじゃないだろうか」

「そんな！　私は学園長に嫌われているんです。それなのに推薦するんですか？」

「君の妹はギルバート様が好きなんだろう？」

「まさか、ギル様と私の婚約を解消させようとして、トマス様を利用しようとしていると言うんですか⁉」

「君がいなくなれば、ギルバート様と君の妹が上手くいくと思っているのかもな」

まさか、今日の出来事で学園長が動いたということ？　だけど、そんな数時間で王家を動かせてしまうもの？　いくら何でもおかしいでしょう！

想像していた以上に、学園長にはまだ権力があるのだと感じて不安になっていると、ルード様は表情を緩める。

「夜会があることは前々から決まっていたし、陛下の気まぐれだという可能性もある。ギルバート様に今日届いた手紙もトマス殿下の名前だったからな」

「では、興味本位という可能性が高いということでしょうか」

「だと思う。だからアリカは心配しなくていい」

「そう思うんでしたら、詳しいことがわかってから知らせるべきだったのではないですか？」

ユナ様が不服そうな顔をして尋ねると、ルード様は苦笑する。

「明日、学園でギルバート様がアリカに伝える前に、確実に彼女に接触してくる相手がいるだろう。何も知らないまま聞くのと、ある程度でも話を知っておいて聞くのとでは違うのではないかと思ったんだ」

「ロザンヌさんですわね」

ユナ様は大きく息を吐くと、笑顔で私に話しかけてくる。

「アリカさん、ご迷惑でなければ明日の朝、わたくしも一緒にあなたの教室に行っても良いかしら」

「かまいませんが、どうかしましたか？」

「あの方、どうもわたくしのことを虫か何かと勘違いしていらっしゃるようですわね。わたくしを見るとすぐに逃げていくんですの。それが面白くって」

「私からすると、虫はロザンヌのほうで、ユナ様が虫除けみたいな感じでしょうか」

正直な気持ちを伝えると、ユナ様は手を打って微笑む。

「そうですわね、虫はロザンヌさんですわよね」

きっと今頃ロザンヌは、明日、学園で第三王子と私が浮気しているだの何だのと、でたらめな話を流すのを楽しみにしているんでしょうね。

でも、私は私で、ユナ様と一緒に教室に入った時のロザンヌの顔を見るのが今から楽しみなのは、性格が悪くなったってことかしら。

＊＊＊＊＊

次の日の朝、ユナ様と一緒に教室に向かうと、開いた扉からロザンヌの話す声がはっきりと聞こえてきた。

「本当なの！　アリカはギルバート様という婚約者がいるのに、第三王子のトマス様まで誘惑しちゃっているのよ!?　清純そうな顔をして何を考えているのかわからないわ！　皆、アリカに騙されちゃ駄目よ!?」

ロザンヌの声が聞こえたユナ様が呆れた顔で言う。

「どの口が言っているのかしら。アリカさんと同じクラスでロザンヌさんの話を信じる方がいたら、その方の神経を疑いますわね」

「何か言い返しても興奮させるだけですから、皆、何も言わずに聞いているだけだと思います」

「でも、それが彼女を増長させているわけでしょう？　わたくしがはっきり言って差し上げるわ」

ユナ様は「失礼いたします」と声をかけ、私よりも先に教室の中に入っていく。

私も慌ててついていくと、ユナ様がロザンヌに向かって歩いていくところだった。ロザンヌは目を見開いてユナ様を凝視している。

「おはようございます、ロザンヌさん。昨日は早退なさったとアリカさんから聞きましたが、体の調子はいかがですの？」

「そ、それは、その、大丈夫ですけど、どうして、あなたがここにいるんですか？」

「アリカさんを悪く言っている声が聞こえましたわ。あなたの声はとても大きいですからね」

「そ、そんな！　学年が違いますよね!?　それなのに聞こえるわけがないじゃないですか！」

「あら、わたくしはアリカさんと同じ家に住んでいますのよ？　一緒に登校してもおかしくないでしょう」

「そんな、だからって教室にまで来なくてもいいじゃないですか！」

ロザンヌはよっぽどユナ様が苦手らしく、席を立って逃げようとする。そんな彼女をユナ様は笑顔で追いかけていく。

「まだ話は終わっていませんわよ」

「ちょ、ちょっと、何なんですか！」

「アリカさんがトマス様を誘惑しているという話は、どなたからお聞きになったの？」

「えっ!? そ、それは、その、噂になっているんです！」

「わたくしはそんな噂は初めて聞きました。どなたから聞いたのか教えてくださいませんか」

「誰だったかは忘れました。でも、皆が知っている話です。あなたが知らないだけだと思います！」

「そんな答えでは納得できませんわ。クラスの方も皆、知らなかったようですしね」

ユナ様はロザンヌを教室の隅まで追い詰める。

「わたくしはギルバート様の親衛隊の隊長であり、ギルバート様の婚約者であるアリカさんを妹のように思っておりますの。事実ではない噂を聞いた以上、はっきりさせないと気が済みません。ですから、まずはあなたが、そのお話をどなたからお聞きになったか教えていただきたいですわ」

「えーと、あ、それは、その、そうだわ。思い出しました。お母様が言っていたんです」

「失礼ですけれど、あなたのお母様は社交の場にいらしたことがありましたかしら」

「そ、それは、ない、かもしれませんけど、そんなことって、今関係あります!?」

「社交の場に行ったことがないのに、どうやってお友達を作ったんですの？」

「……はい？」

二人の顔が見える位置まで移動すると、ロザンヌはきょとんとした顔でユナ様を見つめていた。

「社交界の噂なんて、大体はお友達から聞くものでしょう。ですから、社交の場にいらしたことがないあなたのお母様は、どうやって貴族のお友達を作ったのかと思いまして」

「そ、それは、お父様から聞いたんじゃないでしょうか！」

「お父様がそんな噂をプリシラ様に話すわけないでしょう！」

思わず口を出すと、ロザンヌは私を見て叫ぶ。

「ちょっと、アリカ！　妹のピンチに何をボーッと見ているのよ！」

「ボーッとはしていないわよ。あなたの言葉に反論したでしょう」

「どうでもいいから助けてよ！　上級生にいじめられているのよ!?」

「ユナ様はいじめなんかしないわ。そうですよね？」

そう尋ねると、ユナ様はにっこり微笑んで頷く。

「もちろんですわ。用がなければロザンヌさんとはお話しするのも嫌ですもの。アリカさんに嫌なことを言わなければ、わたくしから関わるつもりはありませんわ」

「な、何よ、皆、アリカ、アリカって！　アリカの何がいいのよ！」

ロザンヌはそう叫んだあと、慌てて自分の口を押さえた。さすがに侯爵令嬢への言葉遣いではないと気が付いたらしい。

「何がいいのかと聞かれましても、人には好き嫌いがありますし、あなたにどうこう言われる筋合いはありません。ですが、口のきき方を知らないようですから、そちらについては教えて差し上げますわね」

ユナ様はそう言うと、私に笑顔を見せて頼んでくる。

「アリカさん、申し訳ないけれど、先生にロザンヌさんは一限目は欠席すると伝えてもらえるかしら」

「しょ、承知しました」

「何なんですか!?」

ロザンヌが怯えた表情で尋ねると、ユナ様は微笑む。

「大丈夫ですわよ。あなたに貴族界の常識を教えて差し上げるだけですから。それから、噂を誰から聞いたのかも、再度確認しますわね？」

ユナ様はロザンヌの腕を掴むと、嫌がる彼女を引きずるようにして歩き出す。すると、いつの間に待機していたのか、教室内に親衛隊が入ってきて、ユナ様に代わってロザンヌの両腕を掴んだ。

「ちょっと！　やめて！　助けて！」

ロザンヌはクラスメイトに助けを求めたけれど、誰一人彼女を助けようとする人はいなかった。


二限目が始まる前の休み時間に帰ってきたロザンヌの目は死んでいて、散々な目に遭ったというのが感じ取れた。

ユナ様は一体、どんなことをしたのかしら。

気になりはするけれど、ロザンヌに声を掛ける気にもならない。侯爵邸に帰ってからユナ様に話を聞くことにした。

ロザンヌのダメージは昼休みになっても回復せず、彼女は昼食もとらずにふらりと教室を出て行った。

やっぱり気になるわ。昼休みなら、ロザンヌはギル様のお気に入りのベンチの近くにいるかもしれない。

そう思って急いで昼食をとり、友人たちにはギル様の所へ行ってくると告げて、いつもの場所に向かった。

いつものベンチが見えてきたところで、ユナ様とギル様が並んで座っているのが見えた。美男と美女でお似合いだわ――

そう思って、足を止めた。

私なんかがギル様の婚約者になるだなんて、と一瞬、負の感情が浮かんだ。でも、そんな感情をすぐに振り払う。

ユナ様がギル様のファンだとしても、彼女にも婚約者がいる。婚約者を裏切るような方じゃないし、ギル様の親衛隊の隊長だということは、ユナ様の婚約者も知っている。ユナ様の婚約者は、彼女を信じているから間違いなんて起こらないと言っていた。

だから、私も同じように二人を信じなくちゃ駄目よね。

見える位置で立ち止まっていたので、ギル様が私に気が付いた。そして、ユナ様も私に気が付き笑顔で手を振ってくれる。

「アリカさん！　今、ギルバート様にロザンヌさんの話をしていましたのよ。あなたも一緒にお聞きになならない？」

「聞きたいです！」

二人に駆け寄って笑顔で頷くと、ギル様が困った顔をする。

「三人並んで座れるスペースはあるんだが、ハンカチが一つしかないんだ」

「あら、それでしたら、アリカさんにどうぞ」

「すまないな」

「とんでもありませんわ。わたくしもハンカチは持っておりますしね」

ユナ様は笑顔で言うと、スカートのポケットの中から薄いピンク色のレースがついたハンカチを取り出した。そして、ギル様から一人分空けたスペースに広げると、その上に座り、元々敷いていた紺色のハンカチを自分たちの間に敷いてくれた。

「アリカ嬢、ここに座るといい」

ギル様に促され、軽く一礼してから腰を下ろす。

「ロザンヌの話をする前に、ギルバート様と話しておかなければならないことがあると思いますの。先にそれをお話しになったら？」

ユナ様の話は侯爵邸に帰れば聞けるので、まずはギル様と話をすることになった。

「ルードから聞いていると思うが、トマス殿下が君に会いたいと言っている。俺は何度か彼と話をしたことがあるが、温和な方だから君に意地悪をするような人じゃない。ただ、一つ問題がある」

「何でしょうか」

「勘違いするんだ」

「……勘違い、ですか？」

「ああ、最近はマシになってきたみたいだが。例を挙げるとすると、メイドが彼の世話をするのは当たり前のことだろう？」

「……はい。それが仕事ですから」

「それが普通の人の考えだ。だけど、トマス殿下は、『あのメイドは自分のことが好きだから世話をしてくれている』と思い込んでしまう」

「……メイドが何をする人なのか忘れてしまうということでしょうか」

「思い込んでいる時はな。だけど、違うと言われたらすぐに納得するから、女性たちに迷惑とまでは思われてないみたいだ」

苦笑するギル様に尋ねる。

「で、ですが、トマス殿下に優しくしない女性なんているんですか？」

「それが問題なんだ。当たり前のことなのに、トマス殿下はそれを忘れてしまうんだ。そして、どうしたら良いのか真剣に悩んでしまう」

「悩んでしまう？」

「ああ。たくさんの女性に愛してもらえるのは嬉しい。でも、自分の愛は一人の女性にしか返せないと」

「……とても純粋な良い方とも言えますね」

「そうなんだ。悪い方ではないんだよ。そんな方だと知っておいてくれれば、あとは俺がフォローするから心配はしなくていい。だから、申し訳ないが俺とパーティーに出席してくれないか」

「もちろんです」

頷くと、ギル様はホッとしたような顔になった。

その後は、ユナ様から簡単にロザンヌの話を聞いていたら教室に戻る時間になり、ギル様たちとはその場で別れた。

「アリカ」

教室のすぐ近くまで来た時、名前を呼ばれて振り返ると、そこにはパージ卿がいた。二人きりで話をしていると思われたら困るので、一礼してすぐに歩き出す。

「待ってくれ、アリカ」

「話しかけてこないで」

「違う。君が心配だから伝えに来たんだ」

予鈴が鳴り、私は彼の言葉には答えず、逃げるように教室の中に入った。さすがに教室の中までは追いかけてこなかった。でも、急いで教室に入ってきた私を見たロザンヌが、口元に笑みを浮かべたのが見えた。

パージ卿に接近禁止命令を出してもらうことはできないのかしら。学園に通うなとは言えないけれど、会いに来られるのは迷惑だわ。私に何か伝えたいことがあるのなら、ギル様に伝えてもらうようにしてほしい。

帰ってからユナ様に相談してみよう。そう思い、今は授業に集中することにした。

放課後、馬車の乗降場に向かうと、ギル様の姿が見えたので慌てて駆け寄る。

「ギル様、どうかされたんですか？」

話しかけると、ギル様が深々と頭を下げてきた。

「すまなかった」

「え？」

「シーロンが君の所に行っていたという話を聞いた」

「そんな！　ギル様が謝ることではありません。パージ卿が勝手にやって来ただけですから。でも、どうしてそのことを知っているんですか？」

詳しく話を聞いたところ、ロザンヌがパージ卿に私とトマス殿下の嘘の話をしたらしく、それを聞いたパージ卿が、また変な噂が流されていると、私を心配してくれたみたいだった。

「本当にすまない。もう諦めただろうと油断していた」

ギル様はもう一度私に頭を下げたあと、頭を上げてから聞いてくる。

「詫びになるかはわからないが、何かしてほしいことはないか？」

「そんな大袈裟ですよ！　何かあったわけではありませんし気にしないでください」

「君に嫌な思いをさせたことは確かだ。今回の件は、シーロンの家にも苦情を入れておく。君に近付かないように念を押しておくから許してくれ」

真剣な表情で私を見つめるギル様に胸が高鳴った。でも、すぐにここは馬車の乗降場で人がたくさんいるのだと思い出す。

「ギル様、本当に気にしないでください。どうしてもとおっしゃるなら、夜会が終わったら、一緒にどこかに出かけてみたいです」

勇気を振り絞って言うと、ギル様はきょとんとした顔になって動きを止めた。

「申し訳ございません。ご迷惑でしたよね」

謝ると、ギル様ははにかんだような笑みを見せる。

「迷惑なんかじゃない。それが望みなら、休みの日に一緒にどこかに出かけよう」

思いもよらない形でギル様とのデートが決まり、幸せな気持ちになる。

「楽しみにしています」

「俺もだ」

話をしているとユナ様がやって来たので、一緒に帰ることにした。

パージ家からはその日のうちに連絡が来て、パージ伯爵がコミン侯爵邸にやって来て、もう二度と息子を近付けさせないと謝罪をしてくれた。伯爵は息子には新たな婚約者を用意するので、じきに私のことも忘れるだろうと言っていた。

そうであってほしい。そして、次の婚約者のことは大事にしてほしいと思った。

＊＊＊＊＊

あっという間に、ギル様と一緒に夜会に出席する日がやって来た。

夜会といっても私たちはまだ成人していないので、夕方の部に参加する。日が暮れかけてきた時間から始まった夜会の会場には、若い人が多かった。

王家主催のパーティーに来たのは初めてなので、興味津々できらびやかなダンスホールの中を見回していると、ギル様が噴き出した。

「そんなに気になるのか？」

「はい。でも、ギル様と一緒に来ているんですから、こんなにソワソワしていてはいけませんね」

「慣れてしまえば気にならなくなるだろうから、今のうちにどんなものか見ておいたらどうだ？」

ギル様はそう言ってくれたけれど、私は公爵閣下のパートナーとして来ている。その自覚は持たないといけない。私のせいで、ギル様の評判が落ちることになってはいけないわ。

「そう言っていただけるのはありがたいのですが、いつ、どんな人に見られているかわかりませんので気を付けます」

そう気合いを入れてすぐに、周囲から見られていることに気が付いた。ギル様は顔が整っているのでかなり目立つ。でも、皆の視線は、ギル様ではなく私に集まっていた。

美人じゃないとか、華やかさがないとか、思われているんでしょうね。

それは私自身も自覚しているし、ロザンヌと比べられてきたせいで耐性もあるから気にはしない。

しばらくすると、トマス殿下がホール内に現れた。見た目は爽やかな王子様といった感じで、どこか無邪気な少年のようにも見える。

トマス殿下は色々な人と話すのに忙しそうで、私たちが話しかけられる雰囲気ではなかった。それに私たちは私たちで話しかけてくる人々の相手をしなければならなかったので、トマス殿下の所に行く余裕もなかった。

正装で長く立っていることに慣れていない私は、しばらくすると疲れを感じ始めた。でも、挨拶してくる人は途切れることはない。笑顔が引きつりそうになってきた時、ギル様が声を掛けてくれた。

「少し休もう」

ギル様は、話しかけてきた人に詫びを入れてから、バルコニーまで誘導してくれた。

「無理をさせてすまない。少し休んだらトマス殿下に挨拶をして帰ろう」

「ご迷惑をおかけして申し訳ございません。もっと体力をつけるようにします」

「無理はしなくていい。次からはユナ嬢やルードがいて、俺がいなくても君が一人にならないような夜会に出席すれば良いだけだ」

「ギル様、私も強くなりますから、そんなに心配しなくて大丈夫ですよ」

「君が強いことは知っているけど、まだ、俺にとっては危なっかしいんだ」

「申し訳ございません」

ギル様はバルコニーの出入り口付近に誰もいないことを確認して、小さな声で言った。

「相手が学園長だから、そう思うだけだよ」

ベンチに座り、夜風に当たりながら話をしていると、疲れが取れてきた。そろそろ動こうかという話になった時、バルコニーに人がやって来た。

「おお、そこにいるのは、レンウィル公爵と婚約者のルージー伯爵令嬢ではないですか」

わざとらしい驚き方をしてバルコニーにやって来たのは、黒のタキシード姿の学園長だった。

「ちょうど移動しようと思っていた所です。学園長はこちらでごゆっくりどうぞ」

ギル様が私を連れてバルコニーから立ち去ろうとすると、学園長が話しかけてくる。

「婚約おめでとうございます。お二人は以前、学園内に侵入者があった事件の時に一緒にいましたね。もしかすると、その時に仲良くなったのですか？」

学園長は温和な笑みを浮かべているけれど、口調は明らかに馬鹿にしているようだった。ギル様もそのことをわかっているのか、笑顔で学園長に言う。

「これは驚きですね」

「何がでしょう」

「学園長のような重要な立場にいる方が、そんな下世話な話をするだなんて思ってもいませんでした」

「下世話な話？　そ、それに、今は学園は関係ないでしょう。個人的に気になっただけです」

「学園の話を先に持ち出したのはあなたですよ」

冷たく返された学園長は、引きつった笑みでギル様を睨《にら》みつける。

「レンウィル公爵、私は遠回しに言われるのが嫌いなんですよ。はっきりとおっしゃってください」

「では、言わせていただきます。私たちの婚約に興味を示している方の多くは、若い方たちです。学園長も若い方と同じ感性をお持ちなのですね、と言いたかっただけです」

これはギル様の明らかな嫌みだった。

紳士であれば、本人が話さないことをわざわざ聞いてこない。ギル様は、まだまだ精神年齢が低いから配慮ができないんですね、と伝えているのだ。貴族なら、この意味に気付かないわけがない。遠回しに言われるのは嫌いと言われたのに、遠回しな発言で返すギル様も意地が悪いような気はする。でも、それくらいのメンタルじゃないとやっていけないのかもしれないわ。

「レンウィル公爵、あまり私をなめないでいただきたいですね」

「そんなつもりではなかったんですがね。気分を悪くされたのなら謝りましょう。ですが、私たちのことを知りたいのであれば、もっと他に聞き方があったのではないでしょうか」

「……それは失礼いたしました」

渋々といった感じで学園長が謝ると、改めて私たちに聞いてくる。

「お二人が婚約したきっかけを、ぜひ教えていただきたいものです」

ギル様が私に同情してくれたからと言うわけにはいかないだろうし、打ち合わせもしていなかった。だから、どう答えようか迷っていると、ギル様が答える。

「私が彼女に婚約を申し込みました。突然のことでしたので、彼女は驚いたと思いますよ」

ギル様が私を見るので、話を合わせて頷くと、学園長はさらに質問してくる。

「何を理由に彼女をお選びになったんですか？」

「彼女にはロザンヌ嬢という血の繋がらない妹がいるんですが、彼女がとてもワガママな子でしてね。彼女に振り回されて困っているらしいんです。少し気になって私の親衛隊に色々と調べてもらい、ロザンヌ嬢の母親がアリカ嬢に意地悪な態度をとっていると知ったんですよ。そんな環境の中でも前を向いて頑張っている彼女を助けたいと思うのはおかしいでしょうか」

「そ、そうですか。そのような少女には見えませんでしたが」

自分の娘と愛人を悪く言われたからか、学園長の笑みが少しだけ引きつっている気がした。冷静にならないといけないことは、頭ではわかっているはず。でも、ギル様のような若い貴族にどうこう言われるのはプライドが許さないんでしょうね。

「彼女が婚約を受け入れてくれて本当に良かったと思っています。学園長もよろしければ、私たちを温かく見守ってください。質問には答えましたので、ここで失礼します」

ギル様は笑顔でそう言うと、学園長の返事を待たずに、私を促してホールに戻ろうとする。すれ違いざまに学園長を見ると、額に青筋が立っているのがわかった。

ホールに戻ると、バルコニーから少しでも離れるために歩きながらギル様に尋ねる。

「……かなり、不機嫌そうにしていましたね」

「心配しなくていい。俺があそこまで言い返すとは思っていなかったんだろう」

「ロザンヌやプリシラ様のことを悪く言われて怒っているように見えました」

「愛人といえども自分が選んだ女性だし、ロザンヌ嬢は自分の娘だから可愛いんだろうな。本当なら公にしたいくらいだろうけど、夫人が許さないんだろうな」

「学園長は夫人には頭が上がらないんですか？」

「ああ。奥様は厳格な方なんだよ。愛人を作ったことがばれて、弱みを握られているのかもしれない」

賢い奥様なら、隠し子のことは知っているでしょうね。学園長が認知しなければ、愛人に子供を産ませたことには何も言わないでおくといったところかしら。

突然、ギル様の足が止まった。私も足を止めてギル様の視線の先を見ると、そこには笑顔のトマス殿下がいた。

「はじめまして。アリカ・ルージーと申します。トマス殿下にご挨拶できて光栄です」

カーテシーをすると、トマス殿下は大きな丸い目を細めて微笑んだ。

「はじめまして。君のことはリキッドから聞いているよ。ギルバートからも色々と教えてもらったし、君が思うよりも僕は君のことを知っていると思う。あ、あと、君が僕を好きにならないということも、ギルバートから聞いて理解しているから安心してね」

トマス殿下はくせの強い金色の髪に、髪と同じ色の瞳を持つ、笑顔のよく似合う人だった。すぐに勘違いしてしまう人と聞いて、面倒な方かもしれないと思っていたが、彼の人懐っこい笑顔が一瞬でそれを払拭してしまった。

「ギル様にですか？」

ギル様を見ると、ギル様は照れくさそうな顔をして答える。

「殿下に誤解されたら困るだろう」

「ありがとうございます」

私がトマス殿下と話しやすいように段取りをしてくれていたみたいだ。笑顔でお礼を言うと、ギル様も笑みを返してくれた。

「二人とも、婚約者になったばかりなのに仲が良さそうで羨ましいよ。僕もいつか、そんな人に出会えると良いなあ」

トマス殿下は笑顔でそう言うと、すぐに眉根を寄せる。

「それにしてもリキッドは酷いよな。アリカ嬢が僕のことを大好きで結婚したいと言っているなんて、嘘をつくんだから。君たちを見ていたら、絶対にそんな風には思えないのに」

「学園長がそんなことを言っていたんですか？」

ギル様が尋ねると、トマス殿下は大きく息を吐いて頷く。

「ああ、そうだよ。それから、ジルベルにはギルバートが彼女を好きだという話をしていたらしい」

「何ですって？」

ジルベル様というのは、この国の第一王女殿下だ。そんな方に嘘の話をするだなんて信じられない。

でも、わざわざジルベル様にそんな話をするということは、どうしても学園長は私に嫌がらせをしたいのね。

苦虫を噛み潰したような顔をしているギル様に、トマス殿下は苦笑する。

「ジルベルは面食いだし、ギルバートのことを気に入っているから、そんな馬鹿な話を彼女にするだなんて本当に迷惑だよ。ギルバートが婚約したと聞いた時でさえ、自分からの申し出は断っていたのにどうしてだ、と怒っていたからね」

「そもそもジルベル様には婚約者がいらっしゃいますから、私がどうこうという問題ではないと思うのですが」

「そうなんだよ。ジルベル以外の家族全員が同じ意見だし、ギルバートが気にすることはない。大体、ジルベルの婚約者は他国の第二王子だし、顔だって整っているんだ。文句を言うなという話なんだよ」

トマス殿下は腕を組んでそう言うと、こんなことを思っては失礼かもしれないけれど、可愛らしい顔を歪めて周りを見回した。あからさまに盗み聞きしている人はいない。でも、トマス殿下は私たちに顔を近付け、両手を口に寄せて話し始める。

「今回の件で、父上も母上もリキッドに怒っているんだ。僕やジルベルを使って、自分の利を得ようとしたから」

「利を得ようとしている？」

話の途中なのに尋ねてしまい、慌てて口を押さえる。

トマス殿下は「気にしなくていいよ。自由に話して」と笑顔で言う。

「僕にはよくわからないけど、ギルバートとアリカ嬢が別れると、リキッドには何か良いことがあるみたいだね。気分的に嬉しいとか、そういうくだらない理由かもしれないけど」

トマス殿下はロザンヌのことまでは知らないようで、呑気な口調で続ける。

「王家の人間を使って、自分の望んだ展開に持っていこうとしている感じなんだよね。そもそも僕はリキッドとは特に仲良くもないのに、どうしてわざわざそんな話をしてきたのかなって思っていたんだ。ちょうどその時にギルバートから連絡が来て、婚約者と自分は上手く言っていると言われてね。その話を聞いた兄上たちが怒り出して大変だったよ」

「第一王子殿下と第二王子殿下は俺のことを弟のように可愛がってくれているんだ」

王家を利用しようとしたことに怒るのは当たり前だ。でも、どうして怒っているのが陛下ではなく王子たちなのかしらと思っていたら、ギル様が小声で教えてくれた。

「僕は君たちの様子を見て、リキッドが言っている話が嘘だと気が付けたけど、面倒なのはジルベルだよ。ジルベルが信じ込んで大変だったんだ。リキッドはどうしてジルベルにも嘘を言ったんだろう」

「どうしても私とアリカ嬢の仲を引き裂きたいようですね」

「リキッドに恨まれるようなことをしたのかい？」

何と答えたら良いのかわからなくて、私とギル様は思わず顔を見合わせた。

「ごめん、ごめん。何だか答えにくい話みたいだね。無理して言わなくていいよ。ただ、兄上たちが勝手に調べるだろうから、その時はごめんね」

「トマス殿下に謝っていただくことではございません。この度は巻き込むような形になってしまい申し訳ございませんでした」

ギル様がそう言って頭を下げたので、私も慌てて頭を下げると、頭上からトマス殿下の焦った声が聞こえてくる。

「やめてくれよ。勘違いしそうになった僕も悪いんだから。君たちが謝るなら僕も謝らなくちゃいけなくなるよ」

ギル様と私がゆっくり頭を上げると、トマス殿下は苦笑する。

「ジルベルには、リキッドの言っていたことは間違いだったって改めて伝えておくよ。彼女はまだ子供で夜会には出席できないからね」

ジルベル様は確か十歳になったばかりだ。夜会デビューをするにはまだ早すぎるのね。

「それと、僕からリキッドに文句を言ってくるよ。確か、今日の夜会に来ていたよね」

「先程バルコニーでお会いしました」

「わかった、ありがとう。今日は君たちと話せて良かったよ」

トマス殿下は笑顔で手を振ると、バルコニーに向かって歩き始めた。


無事にトマス殿下と話し終えた私たちは気疲れしたこともあり、あとからやって来たルード様たちに挨拶をして、一足早く会場をあとにした。

屋敷に着くと、ユナ様とお兄様のリイド様がエントランスホールまで迎えに来てくれた。夜会はどうだったかと聞いてきたので、トマス殿下の件は大丈夫だったことと、また違う問題が見つかったという話をすると、リイド様が言う。

「両陛下はジルベル様のことを可愛がっているけど、そんなワガママを許すような方々じゃないから大丈夫だ」

「第一、国際問題になりますものね」

ユナ様も大きく頷いて同意した。

会場にいる時には全くお腹が空かなかったのに、屋敷に帰って安心したからか、急にお腹が減った。私には胃に優しい食べ物と食後のデザートを、ユナ様にはデザート、リイド様には紅茶を用意してもらい、それぞれが飲食しながら、ダイニングルームで話を続ける。

「あの、ジルベル様がギル様を気に入っているというのは有名な話なんですか？」

「そうですわね。昔、ギル様と結婚するんだと泣きわめいていらっしゃったのを見たことがありますわよ。ジルベル王女が五歳か六歳の頃だったかと思いますが」

「子供の頃ですし、言いたいことを言ってしまいますものね」

ユナ様の言葉に苦笑して頷くと、リイド様が話を引き継ぐ。

「その頃はギルの両親も健在だったから、ギルの意思を尊重したいと言って婚約者を決めていなかったんだ。でも、婚約者を決める前に二人とも亡くなってしまったから、今までギルには婚約者がいなかった」

まさか、ご自分たちがそんなに早く亡くなるだなんて思ってもいなかったでしょうね。

ギル様に選んでいただいたんだから、それに見合う努力をして周りに認めてもらえるような人にならなくっちゃ。

「でも、ギルバート様が選んだのはアリカさんだったので、驚いた方はたくさんいるでしょうね」

「パージ卿の件があったから、私が選ばれたと思う人が多いのでしょうか」

尋ねてみると、ユナ様は少し考えてから答える。

「それもあるかもしれませんけれど、アリカさんは良い意味で普通だから、好意的に受け止めている方が多いと思いますわよ」

「良い意味で普通とは？」

「ええ。可愛いにも色々な種類があるでしょう？　ロザンヌさんのように男性に媚びてかわい子ぶるタイプの女性は、同性は嫌な印象を受けます。でも、アリカさんは素朴な可愛さですし、婚約者に浮気された可哀想な令嬢ですから、同情する方も多いんです。しかも、アリカさんくらいの年頃の女性となりますと、婚約者がいる方が多いですから、今更、自分がギルバート様の婚約者にと名乗りを上げる方は少ないと思いますわ」

「ロザンヌ嬢という例外はあるけどな」

リイド様が整った顔を歪めて言うと、ユナ様も同じように表情を歪めた。

「あの方は世間知らずなのですわ。それに、あの方をギルバート様が選ぶとは思えません。もし、そのような事態になりましたら、親衛隊の隊長は辞めさせていただきますし、アリカさんを悲しませるようなことをしたら、いくらギルバート様が相手でも絶対に許しませんわ！」

「……ありがとうございます、ユナ様」

ユナ様がファンとしてギル様のことを大好きだと知っているだけに、私に悲しい思いをさせたらギル様を怒ってくれるという気持ちは、私との友情を大事にしてくれているようでとても嬉しかった。

「アリカさんはわたくしの友人であり、妹でもありますから当たり前のことですわ」

「じゃあ、僕も妹を悲しませたとギルの敵に回るしかないなぁ」

「あら、お兄様はギルバート様とお友達でしょう？　良いのですか？」

「友人も大事だが妹も大事だよ。ギルがアリカを悲しませることがあったら、僕がアリカの味方になるのは当然だろう」

「それはそうですわね」

ユナ様は頷くと、微笑んで話しかけてくる。

「ギルバート様が相手であっても、わたくしもお兄様もこんな感じですわ。ですから、相手が誰であろうと、アリカさんに明らかに非がなければ、わたくしたちはアリカさんの味方です。ロザンヌさんのことはわたくしに任せて、我慢はせずに、今を楽しく生きることを考えてくださいね」

「じゃあ、ジルベル様のことは僕に任せてくれ。僕も王女に顔は好きだと言われているから、今度会いに行って話をしておくよ」

相手は王女なので、正直に言えば不安になっていた。でも、ユナ様とリイド様と話して、そんな気持ちは吹き飛んでしまった。

気持ちが楽になったからなのか、二人の気持ちが嬉しかったからなのか、食後のデザートは今までに食べたことがないと思うくらいに美味しかった。

二人と別れ、寝支度を済ませ、幸せな気持ちのまま眠りにつこうとした時に、ふと思い出したことがあった。

夜会が終わったらデートをするって約束をしたけど、本当にするの⁉

＊＊＊＊＊

休み明け、教室に入るとロザンヌが話しかけてきた。

「お母様があなたと話をしたいんだって」

「プリシラ様が？」

「ええ。だから、次の休みに家に来てちょうだい」

「嫌よ。私は話すことなんてないもの」

お父様には会いたいけれど、プリシラ様には会いたくないから拒否すると、ロザンヌが叫ぶ。

「いいから来なさいよ！」

「無理だな」

ロザンヌにそう言ったのは私ではなく、後ろから現れたギル様だった。

「ギ、ギルバート様⁉　お、おはようございます！」

「おはようございます、ギル様」

ギル様は「おはよう」と挨拶を返してから、ロザンヌに言う。

「悪いが次の休みは俺との予定が入っている」

「予定、ですか？」

「ああ、デートするんだ」

「デ、デート!?」

笑顔のギル様とは対照的に、ロザンヌはこの世の終わりみたいな顔をしてギル様を見た。

「アリカとデートするつもりなんですか!?」

「そうだが、何か問題でもあるのか？」

聞き返されたロザンヌは焦った顔で何度も頷く。

「あります！　だって、アリカとデートしても楽しくないと思います！」

「楽しいか楽しくないか判断するのは俺だし、まだデートをしたこともないのに、楽しくないと決めつけるのもおかしいだろう。少なくとも今の俺はアリカ嬢とデートするのを楽しみにしている」

ギル様の発言を聞いた周りの女子たちは小さな悲鳴を上げた。

ショックというよりは、ギル様がこんな言葉を発するだなんて！　という感じの好意的な悲鳴だった。

「アリカとギルバート様がデート……」

ロザンヌは目に涙をいっぱい溜めて私を睨《にら》みつける。

「アリカ、次の休みが駄目なら、その次の休みに来てちょうだい」

「ロザンヌ嬢、そんなにも急いでいるというのなら、デートの日に俺も彼女と一緒に家に伺ってもいいかな？　アリカ嬢のお母上には、まだ挨拶できていないんだ」

実際はプリシラ様に挨拶はしなくても良いとお父様が言ったからなのだが、ギル様は私が一人でプリシラ様に会わなくて良いように考えてくれたみたいだった。

「……ギルバート様がわたしの家にいらっしゃるんですか？」

「ああ。いくら彼女の実家だとはいえ、一人で行かせたくないんだ」

「わたしの部屋に来てくださいます？」

「行かない。行く必要性が一切ないから」

「必要性があれば来てくださるんですか⁉」

ロザンヌが食い下がると、ギル様はため息を吐いて答える。

「そんな風にしつこく来てくれと言われると、余計に行きたくなくなるよ」

「じゃあ、どうしたら来てくれるんですか？」

「何があっても君の部屋には行かない。婚約者がいるのに他の女性の部屋に行くはずがないだろう」

ギル様はそう答えて、私に話しかける。

「今度の休みに出かけようと思っていたんだが、それどころではなさそうだな。詳しい話をしたいから昼休みに会えないか」

「承知しました」

「じゃあ、自分の教室に戻る。また、昼休みに」

ギル様は昼休みに会う約束をするために、私に会いに来てくれたみたいだった。とても良いタイミングだったので本当に助かった。心の中で感謝しながらギル様を見送って小さく息を吐くと、ロザンヌが睨《にら》みつけてきた。

「アリカ、何時頃に来るのかわかったら教えてちょうだい。それから、ギルバート様と一緒に来るのはやめてよね。あなたは早めに来てちょうだい」

「どうして？」

「お母様はあなたに話があるからよ！　それにお父様にだって会いたいでしょう？」

「別にギル様と一緒でもお父様と会えるわ。それとも、プリシラ様はギル様に聞かれたら困るような話を私にするつもりなの？」

尋ねると、ロザンヌはさらに不機嫌そうな表情になって顔を背けた。都合が悪いのか、私の質問には答えずに自分の席に戻っていく。

ロザンヌがお馬鹿さんで本当に助かったわ。それにしても、プリシラ様は私を呼び出してどうするつもりなのかしら。プリシラ様が何を言おうとしているのかとても気になるし、不安な気持ちにもなる。でも、ギル様がいてくれるなら心強いわ。

その日の昼休み。まずはギル様に自分だけ先に来るように言われたと伝えると、ギル様からプリシラ様に一緒に訪問すると連絡を入れてくれることになった。

「何から何まで申し訳ございません」

「君が謝ることじゃない。学園長が夜会で俺たちにダメージを与えられなかった分、ルージー伯爵夫人が動こうとしているのかもしれないな」

「お父様が早くプリシラ様と別れられたら良いんですけど」

ルージー伯爵夫人という呼び方が気になったので口にすると、ギル様は苦笑する。

「そうだな。でも、君が学園を卒業するまでは難しいだろう」

「私が学園長の目の届く所にいる間は、お父様が動きづらいことはわかっています。そして、私がいるからお父様を苦しめていることも」

「君のせいなんかじゃない。悪いのは学園長だ。俺は学園を卒業したら公爵家の仕事に専念する。そうすれば、俺の社交界での地位は上がっていくはずだ。だから、卒業するまで待ってくれないだろうか。俺の力が足りなくて申し訳ない」

「ギル様の力が足りないだなんて、思ったことはありません！　ですから、謝らないでください！力が足りないというのであれば、私のほうです！」

首を何度も横に振ると、ギル様は表情を緩める。

「俺にできる限りのことはするし、向こうが焦って尻尾を出すようなら時は待たずに攻める」

「お父様に何かあったら嫌ですが、ギル様に何かあっても嫌なんです。ですから無理だけは絶対にしないでください」

必死に訴えると、ギル様は私を見て優しく微笑み、言い聞かせるように話す。

「君を悲しませるようなことは絶対にしないから安心してくれ」

ギル様に見つめられ、鼓動が信じられないくらいに速くなり、私は思わず胸を押さえた。


実家に向かう日の昼前、ギル様とレストランで昼食をとることになった。

高位貴族がよく利用するレストランの個室に案内され、私とギル様は白いテーブルクロスがかけられた丸テーブルを挟んで座る。今日のギル様は何だか落ち着きがない気がする。気になって見つめていると、ギル様が首を傾げた。

「どうかしたのか？」

「あ、いえ、あ、あの、そういえば、聞きたいことがあるのですが」

「何だろうか」

「もしかして、ギル様は私に監視をつけていますか？」

「……監視？」

ギル様が眉根を寄せるので、慌てて尋ねた理由を伝える。

「先日もそうなんですが、いつも良いタイミングで来てくれるので、もしかして私に監視をつけているのかと。監視している人がギル様に連絡をしてくれたのかなと思いまして」

「ああ、そういうことか。監視をしているつもりではないけど、君に危険がないように護衛はつけている。でも、それは俺が手配したわけではなく、ルードがやっているんだけどな」

「ルード様が？」

「ああ。ロザンヌ嬢は同じクラスだろう？　万が一のことを考えたんだろう」

「でも、転入生や新しい先生がいらっしゃった記憶は、ここ最近はないのですが、どうやって私を見守ってくれているのでしょうか」

知らない人が近くにいれば、私もさすがに気付くはずだ。

「教えても誰かわからないだろうし、知らないほうが君も気を遣わずにいられると思うけどな」

「……私と面識のない人ということですね」

「そういうことだ」

どんな人なんだろう。もしかして、教室の外にある木の上に隠れて見守ってくれているとかかしら。

想像を膨らませている間に料理が運ばれてきたので食事を始め、食後も約束の時間までお茶を飲みながら話すことにした。その時にギル様の様子がおかしい理由がわかった。

「見てほしいものがある」

ギル様はそう言って、数枚の白い紙を手渡してきた。

「……これは何でしょうか」

紙にはびっしりと綺麗な文字が書かれている。目を通す前に聞いてみると、ギル様は照れくさそうに目を逸らす。

「デートプランを練ってみた。サプライズが好きな女性と嫌いな女性がいると聞いたから、初めてのデートは無難にサプライズなしでいこうと思ったんだ」

「ええっ⁉」

書かれている内容を読んでみると、細かなプランが立てられていたので驚く。

「これ、全部ギル様が考えてくださったんですか？」

「俺はまだ君のことをよく知らないから、ユナ嬢やルード、それから君の友人やお父上にも相談して考えた。最初のデートが楽しくなければ、次も行こうとは思えないだろう？　君のことだから、どこに行きたいかと聞いても俺の行きたい所で良いと言うだろうし、それならプランを考えて君に選んでもらおうと思ったんだ」

「ここまで考えていただけるなんて思っていなかったので、本当に嬉しいです」

必死に涙をこらえて笑みを作ると、ギル様はまた私から視線を逸らした。よく見てみるとギル様の耳がどんどん赤くなっていく。

「ギル様、も、もしかして照れていますか？」

「いや、その」

ギル様が珍しく動揺しているので、不思議に思っていると、「……から」とギル様が何か小さく呟いた。

「あの、申し訳ございません。聞こえなくて。何とおっしゃいましたか？」

「こんなことを言うのもなんなんだが」

耳だけでなく頬までも赤くするギル様は初めて見る。ついつい見入ってしまっていると、ギル様は目は合わせずに言う。

「アリカ嬢の笑顔がすごく可愛かったから」

「えっ⁉」

ギル様は私の反応を見て顔を両手で覆うと、そのままの状態で言う。

「ユナ嬢たちが褒め言葉は思っているだけじゃなくて、伝えたほうが良いと言うから！」

結局、私も嬉しさと恥ずかしさで耐えられなくなり、同じように両手で顔を覆って答える。

「……嬉しいです」

「……それなら良かった」

それから少しの間は、お互いに意識してギクシャクしていた。でも、デートの話を進めていくうちに、いつの間にかいつもの私たちに戻っていた。


約束の時間よりも少し早く実家に着くと、使用人やお父様が出迎えてくれた。

案内された応接室でお父様と三人で話をしていると、プリシラ様が中に入ってきた。そして、ギル様に挨拶をしたあと笑顔で言う。

「申し訳ございませんが、ギルバート様、女性だけで話したいことがあるのです。席を外していただけませんでしょうか」

「それはできかねます」

「私はアリカに話があるのです！」

ギル様よりも少し早く来いと言っていたのに、一緒に来たものだからプリシラ様はかなり怒っている。

「おい、プリシラ！　レンウィル公爵に向かって失礼だぞ！」

お父様が叫ぶと、プリシラ様はお父様を軽く睨《にら》んでギル様に顔を向ける。

「大変失礼なお願いをしていることは承知しています。ですが、何卒、私のお願いを聞き入れていただけませんでしょうか？」

「……アリカ嬢、君はどうしたい？」

「できればギル様と一緒にお話を聞きたいですが、男性に聞かれたくないお話なのでしょうか」

尋ねると、プリシラ様は何度も頷く。

「そう。そうなの。だからね、今日が無理だと言うのなら、また、改めて次の休みに来てくれないかしら。女性の前でしか話したくないわ」

「次の休みまで延ばさなくても結構ですよ。女性同士で話せれば良いのですよね」

「そうですわ」

プリシラ様が頷くと、ギル様は立ち上がり、後ろに控えていた護衛に小声で何か指示をした。護衛の一人が頷いて部屋から出ていくのを確認して、ギル様はプリシラ様に言う。

「もう少しだけここにいさせてください。時が来たら私は席を外しましょう」

「わ、わかりましたわ」

プリシラ様は意味がわからないといった感じだったけれど、もう少しすればギル様が席を外してくれると理解し、イライラした様子ながらも大人しく待っていた。

しばらくすると、応接室の扉が叩かれ、プリシラ様に来客だと伝えた。

「私は誰とも約束なんてしていないわ！」

「私が呼んだんです。アリカ嬢とあなたを二人きりにするわけにはいきませんから」

ギル様が答えると、プリシラ様は悔しそうな顔をして叫ぶ。

「誰をお呼びになったんですか！」

「わたくしですわ」

現れたのはコミン侯爵夫人であり、私の母親代わりでもあるサザリー様だった。

「コミン侯爵夫人、ようこそお越しくださいました。娘がいつもお世話になっています」

お父様が立ち上がってサザリー様を迎えると、プリシラ様は目を丸くする。

「コミン侯爵夫人ですって？」

「そうだ。アリカがお世話になっているんだから、君も挨拶しなさい」

お父様に言われたプリシラ様は、慌てて立ち上がってカーテシーをする。

「アリカがお世話になっております。プリシラです」

「はじめまして、ルージー伯爵夫人。サザリー・コミンと申します。お会いできて光栄ですわ」

「わ、私もお会いできて光栄です」

プリシラ様は引きつった笑みを浮かべて続ける。

「あの、申し訳ございませんが、今日はお引き取り願えないでしょうか。私はアリカと二人で話がしたいんです」

「勝手ながら、アリカさんをあなたと二人きりにさせたくなくて、ここまで足を運ばせていただきましたの」

「どうしてですか！　アリカは私の娘なんですよ！　二人で話すくらい良いじゃないですか！」

「あなたがしていたことは、大方調べがついておりますのよ？　それでもまだ、あなたはそんな言葉が言えるんですの？」

サザリー様に睨《にら》みつけられたプリシラ様はうぐっ、と変な声を上げた。

「女性だけで話したいようですから、私たちは席を外しましょうか」

ギル様がお父様を促すと、お父様は少し心配そうな顔をして私を見つめてから、ギル様に視線を戻した。

「私もギルバート様にお話ししたいことがあります。お時間よろしいでしょうか」

「かまいませんよ。どこか別の部屋をお借りすることはできますか？」

「もちろんです。ご案内いたします。コミン侯爵夫人、私はここで失礼いたします」

お父様はサザリー様に深々と頭を下げ、ギル様もサザリー様に声をかける。

「悪いが、アリカ嬢を頼みます。アリカ嬢、ちょうど良い機会だ。言いたいことは言ってしまうといい」

「ありがとうございます」

ギル様たちが出て行くと、プリシラ様は不満そうにしながらも、サザリー様にソファに座るように促した。私はサザリー様の横に座って、小声で謝る。

「サザリー様、巻き込んでしまって申し訳ございません」

「気にしないでちょうだい。事情を知っている人間が、あなたとルージー伯爵夫人を二人きりにさせるだなんてありえないことでしょう。アリカさんはルージー伯爵夫人が何を言おうとしているのか気になっているようだし、気になることは早く済ませてしまいましょう」

サザリー様はプリシラ様に聞こえるように大きな声で言った。プリシラ様は不機嫌そうな顔で向かい側のソファに座ると、諦めて話し始める。

「アリカ、家に帰ってきなさい」

「嫌です」

「嫌ですって⁉　あなた、もっと大人しい子だったでしょう⁉　学園ではロザンヌをいじめているそうじゃない！　家から出ていったから、こんなことになったんだわ！　コミン侯爵夫人！　あなたの家に住み始めてから、アリカの性格は変わったんです！　しかも悪い方向に！　私の娘がアリカのせいでどれだけ傷付いていると思っているんですか！」

私への話だったはずなのに、怒りの矛先がサザリー様に向いてしまった。けれど、それくらいで怯《ひる》むサザリー様ではない。

「確認したいのですけれど、アリカさんもあなたの娘なのですよね？」

「そ、そうです」

「では、どうして、私の娘がアリカさんのせいで、なんて発言をされるんでしょうか」

「そ、それは、やはり、血の繋がった娘とそうでない娘とは違います」

「私とアリカさんは血は繋がっておりませんが、実の娘と同じように可愛がっていますわ。あなたにはそれができないんですの？」

「できないわけではありません！　私のことが気に入らないのか、アリカが反抗的な態度ばかり取るので、可愛いという感情がロザンヌにばかりいってしまうんです！」

「……私がプリシラ様に、いつ反抗的な態度を取ったんですか？」

ギル様たちと知り合うまでは、プリシラ様に何を言われても大人しくしていた。最近は我慢をやめて自由に生きているから、それがプリシラ様は気に入らないみたいだ。

「今のその態度もそうじゃないの！　悪いと思うなら家に帰ってきなさい！」

「私が家に帰ったらどうなるんですか。またロザンヌと一緒になって私をいじめるんですか？　私を人がいない所に呼び出して、存在を否定するような言葉を浴びせてストレス発散するんですか!?」

「何てことを言うのよ！　あなたのことを思って言っていたのに！」

プリシラ様は立ち上がり、顔を真っ赤にして叫ぶ。

「本当にワガママな子だわ！　家に帰ってくるのが嫌だと言うのなら、ロザンヌに婚約者を譲りなさい！　ロザンヌがギルバート様を好きだってことはあなただって知っているでしょう！」

「……ルージー伯爵夫人。あなた、自分が何を言っているのかわかっていらっしゃる？」

サザリー様は冷たい目でプリシラ様を見上げ、大きなため息を吐いて続ける。

「賢くない方だということは予想しておりましたが、ここまで酷いとは思っていませんでしたわ」

「な、何ですって⁉」

「ギルバート様とアリカさんの婚約は、アリカさんが言い出したことではございません。ギルバート様が決めたことです。アリカさんだからギルバート様は婚約を申し込んだのであって、ロザンヌさんが相手でしたら、絶対に婚約を申し込みませんわ。アリカさんがギルバート様との婚約をロザンヌさんに譲るという話になれば、ギルバート様は婚約を解消するはずです」

「ロザンヌが、アリカよりも劣っていると言うんですか」

プリシラ様がサザリー様を睨《にら》みつけて尋ねた。

「そういう問題ではありません。ギルバート様にとってアリカさんは特別な存在ですが、ロザンヌさんは特別ではないと言っているんです」

プリシラ様はサザリー様が自分よりも格上だということをすっかり忘れ、サザリー様を指さして叫ぶ。

「アリカとロザンヌを勝負させてください！」

「何を言ってらっしゃるの？」

「ロザンヌがアリカよりも優れているということを教えて差し上げると言っているんです！　アリカ！　次の学力試験の総合点がロザンヌよりも低ければ、ギルバート様をロザンヌに譲りなさい！」

プリシラ様はサザリー様の言ったことを全く理解していなかった。

しかも、学力試験で勝負と言っているけれど、プリシラ様はロザンヌの試験の成績を知らないみたいね。彼女の試験の点数は全教科、いつも平均点の半分にも満たないのに、試験で勝負を挑んでくるなんて信じられないわ。

「アリカさん。これ以上この方と話をしても無駄のようですし、帰りましょうか」

サザリー様が苦笑して促してきたので頷く。

「はい。あまりにもくだらなすぎて驚いてしまいました」

「何ですって!?」

プリシラ様が叫ぶと、サザリー様が相手をする。

「わたくしもアリカさんと同意見ですわ。せっかく説明して差し上げたのに全く理解していないではないですか」

「ど、どういうことですか!?」

「婚約はギルバート様が決めたことですから、勝負をしても意味がないと言っているではありませんか！　ルージー伯爵夫人が迷惑なことをしているとギルバート様にはお伝えしておきますわ」

「そ、それは、まあ、別にかまいませんよ」

プリシラ様は最初は焦っていたのに、なぜか表情を緩めた。

ギル様がルージー家のごたごたを迷惑に思って、私との婚約を解消するとでも思ったみたいだ。

「ギルバート様はどんなことがあっても、アリカさんとの婚約を解消しませんわよ」

「私のロザンヌがアリカに負けるわけがありません」

プリシラ様の態度に呆れつつも、サザリー様と一緒に部屋を出た。すぐにサザリー様に謝罪する。

「申し訳ございませんでした。プリシラ様が何を話すのかと興味を持ってしまったせいで、ここまで足を運んでいただいた上に、あんなにくだらない話を聞かせてしまいました」

「気にしなくていいのよ。どうせ、あのようなタイプはこちらが話を聞くまでしつこく呼び出し続けるはずですわ。ところで、試験の件ですけれど、ロザンヌさんはそんなに頭が良いのかしら」

「こんなことを言うのもなんですが、学年での順位はだいぶ下です」

「それなのに、順位が上位のアリカさんに学力試験で勝負を挑んだの？」

「……なので、私も驚きました」

部屋の外で長話をしているとプリシラ様が出てきそうなので、場所を移動することにした。通りかかったメイドにお父様たちがどこにいるか尋ねると、メイドが仏頂面で答える。

「隣の第二応接にいらっしゃいます。そんなこともわからないのですか？」

私が家を出ていく前から、このメイドはこんな態度だった。使用人の中ではメイド長の次に私に偉そうな態度を取る人だった。それは今も変わらないみたいね。侯爵夫人が横にいるのに、よくこんな態度を取れるものだわ。

「わかるわけがないでしょう。アリカさんはお父様がどちらにギルバート様を案内したか知らされていないんだから」

呆れていた私の代わりにサザリー様が怒りの声を上げると、メイドは焦った顔になりサザリー様に頭を下げた。

「誠に申し訳ございませんでした」

「わたくしには謝らなくて良いわ。アリカさんに謝ってちょうだい」

「えっ⁉」

メイド長と一緒にこの屋敷にやって来たメイドは全員平民で、言葉遣いは徹底されていない。侯爵夫人を相手にメイドは口答えをする。

「アリカお嬢様には謝らなくても良いと言われていますので」

「何ですって？　それは誰から？」

「奥様からでございます」

「あら、そう。碌《ろく》な教育をされていないのね」

サザリー様は大きく息を吐くと、私に笑顔を向ける。

「アリカさん、私もあなたのお父様とお話がしたいわ」

「では、ご案内します」

第二応接をノックしようとすると、私たちの声が聞こえていたのか、お父様が外に出てきた。

「話は終わりましたか」

「奥様とのお話は終わりましたが、ルージー伯爵にお話ししたいことがありますの」

「どうぞ中へお入りください」

お父様は私とサザリー様を部屋の中に招き入れると、さっきのメイドにお茶の用意を頼んだ。サザリー様が不服そうな顔をしているからか、ギル様が私に尋ねてくる。

「よっぽど不快な話だったのか？」

「それもそうなのですが、メイドの態度のことで怒ってくださっているんです」

「メイドの態度？」

聞き返してきたギル様に、サザリー様が興奮して答える。

「本当に許せません！　ルージー伯爵、余計なお世話かもしれませんが、あんなメイドを置いているだなんて信じられません！　今すぐにクビにしても良いくらいですわ！」

「何があったんです？」

「申し訳ございません。メイドが何か失礼を？」

ギル様とお父様が困惑した様子でサザリー様に尋ねた。

「アリカさんへの態度が酷すぎます！」

サザリー様が先程の件をお父様に話している途中で、問題のメイドが部屋に入ってきた。

メイドはお茶をティーポットからカップに注ぐと、カップをそれぞれの前に置いていく。

けれど、私の分はなく、そのまま出て行こうとしたので、お父様が呼び止める。

「おい、アリカの分がないぞ！」

「奥様からアリカお嬢様に出すお茶はないと言われております」

たとえ、そう言われていたとしても普通は躊躇《ちゅうちょ》するものでしょう。この人は自分で考えることができないのかしら。

「おい！」

お父様が立ち上がって怒りの声を上げた時だった。

「そこのメイドの名前を教えてもらえますか」

ギル様がお父様に話しかけた。

「メイドの名前、ですか？」

「ええ。ぜひ知りたいんです」

「私の名前はラルミンです！」

メイドは褒められるとでも思ったのか、笑顔で自分の名を告げた。すると、ギル様は彼女を睨《にら》みつける。

「ルージー伯爵家の内情に、アリカ嬢の婚約者だからといって立ち入っていいものではないとは思っている。だが、今の態度は何だ。主人に取る態度でもないし、客の前で見せる態度でもない。目に余るので、ルージー伯爵が処分しないのであれば、俺が処分する」

「しょ、処分、ですか？」

そう聞き返したメイドの声はわずかに震えていた。

「自分の婚約者が目の前で馬鹿にされたんだ。黙っているほうがおかしいだろう」

「申し訳ございません！　私は奥様の命令通りにしただけでございます！」

「その命令を断ったらどうにかなるのか？」

「……え？」

ラルミンはギル様の声が聞き取れなかったのか、震える声で聞き返した。

「こんなことはしたくないと言ったら、君は夫人から何かされるのか？」

「あ、いえ、その、わかりません。ただ、指示されたことをすれば褒めていただけるのは確かです！」

「夫人に褒めてもらいたいから、アリカ嬢にお茶を出さないなんてふざけた真似をしたのか？」

ギル様の声が先程よりも低くなったからか、ラルミンの声だけではなく体も震え始める。

「その、褒めてもらいたかったから、というわけではなく、命令だったからでして」

「君は今までこんなことをしたくないと思ったことはないのか？」

「も、もちろん、良くないことだとは思っていました！」

「じゃあなぜ、君の本当の主人であるルージー伯爵に相談をしないんだ」

「だ、旦那様は」

ラルミンはちらりとお父様を見て口ごもった。そんな彼女にお父様が続きを促す。

「はっきりと言えばいい。お前の言いたいことくらいわかっている」

「……旦那様が奥様に頭が上がらないということは知っていましたので、相談をしても無駄だと思いました」

「……申し訳ございません。私の不徳のいたすところでございます」

お父様はそう言って、ギル様に頭を下げた。

「そうですね。事情があったことは知っていますが、ここまで自由にさせる必要はなかったでしょう。過去のことを責めても意味がありませんので、これ以上、しつこく言うことはやめますが、今やることはわかっておられますよね」

「もちろんです」

お父様が頷くと、ギル様はラルミンに話しかける。

「良かったな。俺が処分するまでもなく、ルージー伯爵が君を処分してくれるそうだ」

「な、そんな！　旦那様！　私は奥様に言われただけでございます！」

「お前はそうかもしれないが、プリシラは否定するだろうな」

「……え？」

お父様の言葉を聞いたラルミンの顔が真っ青になった。自分がどんな状況に置かれているのか、今になってやっと気が付いたみたいだった。

プリシラ様に指示されてやっていたことかもしれない。でも、こんな状況になった時、プリシラ様がラルミンを庇《かば》うかといったら絶対に庇《かば》わないだろう。彼女は膝から崩れ落ちると、カーペットに額を付けて謝る。

「申し訳ございませんでした！　どうか、どうかお許しください！　もう二度とこのような真似はいたしません！」

「普通ならこんな酷いことは一度だってしない。ルージー伯爵、彼女をどうするかはあなたに任せます。今はアリカ嬢の分のお茶を淹《い》れるように違うメイドに指示してください」

「承知しました」

お父様はギル様に深々と頭を下げたあと、私には悲しげな表情で謝罪する。

「本当にすまなかった」

「お父様、私は気にしていませんから」

「……ありがとう」

お父様は私を優しく抱きしめたあと、呆然としているラルミンを連れて部屋から出ていった。扉が閉まってから、私はギル様とサザリー様に頭を下げる。

「お見苦しい場面をお見せした上に、ギル様にはメイドの指導までさせてしまい申し訳ございませんでした」

「あら、アリカさんが謝ることではないでしょう。あなたのお父様の責任ももちろんあるかもしれないけれど、何のためにメイド長がいるんですの？　……そういえば、メイド長はルージー伯爵夫人のお知り合いでしたわね」

サザリー様が眉根を寄せると、それを見たギル様が苦笑する。

「意地悪なメイドも存在するのかもしれないが、それでも客の前であそこまでするなんて信じられないな」

「そうですわね。でも、まともなメイドがお茶を出していたら、アリカさんがこんなに酷い扱いを受けていただなんてわかりませんでしたわ」

「今まで私のお客様はいませんでしたから、嫌がらせをする機会がなかったのかもしれません。こんなことをされたのは初めてです」

苦笑して言うと、ギル様とサザリー様はため息を吐く。

「笑うところじゃないぞ。君はもっと怒らないといけない」

「そうですわ。貴族が相手でなくてもやってはいけないことよ」

「これがおかしいことだとわかっていても、指摘したり言い返したりすれば、もっと嫌な思いをするだけだったんです。ずっと我慢しているうちに、それが普通になってしまっていたみたいです」

「これからは我慢するなよ。自分で言いにくいというのなら俺に言ってくれ。俺が何とかする」

ギル様の言葉が嬉しくて、こんな時だというのに胸がドキドキして頬が熱くなる。すると、私の様子に気が付いたサザリー様が顔をほころばせる。

「アリカさんったら本当に可愛らしいわ。わたくし、お邪魔みたいだから帰りますわね」

「ま、待ってください！」

立ち上がったサザリー様の前に立ちはだかって首を横に振る。

「帰っては駄目です！　帰るなら一緒に帰ります！　それに、サザリー様はギル様にお話ししないといけないことがあるじゃないですか！」

「まあ、アリカさんったら」

サザリー様が楽しそうに笑うのに対して、ギル様はソファに腰を下ろしたまま、私たちの姿を不思議そうに見つめていた。


次の日の朝、ルージー家のメイドの多くが解雇されることになったという話をルード様が教えてくれた。

解雇されるメイドは全員プリシラ様の息のかかった人たちだったが、メイド長だけは何とかプリシラ様が守りきったらしい。お父様は全員に紹介状を書かなかったので、今後、メイドとしての仕事を見つけるのは難しいとのことだった。

私としては少しスッキリした気分になったけど、このお父様の対応に学園長が黙っているわけがなかった。

＊＊＊＊＊

ギル様が考えてくれたデートプランは多すぎて、内容に目を通すだけで時間がかかった。だから、なかなか、次のデートの場所を決めることができず、結局私たちは休みの日にお互いの家を行き来していた。

そんなある日のこと、私とギル様はトマス殿下から呼び出された。

「私まで呼ばれるなんて、どういうことなんでしょうか」

「君が何かしたというわけじゃないだろう。君に関する話が学園長からあったとかじゃないか？」

「メイドの解雇の件ですかね」

「その可能性はあるな。君のお父上は今まで君のことがあるから大人しくしていたが、君がコミン侯爵家にお世話になることになって状況が変わったから、今回のメイドの件でも動いた。そのことが学園長は気に入らなかったのかもしれない」

「かといって、学園長は自分の家のメイドとして雇ってあげるわけではないんですよね」

城に向かう馬車の中で尋ねると、ギル様は腕を組み、小さく息を吐いて答える。

「他人のために動くような人じゃない。彼や彼の家族に利益になることしかしない人だ。ただ、最近は小物感があるがな」

「こ、小物感？」

「そうだろう？　くだらないことばかりしてくる」

「そうですね。プリシラ様やロザンヌが絡んで余計に失敗している気もしますけど」

苦笑して答えると、ギル様は頷く。

「ただ、そのおかげでこちらは助かっている。そうじゃなかったら、君はもっと危険な目に遭っていたかもしれない」

「そうかもしれません。最悪の場合は、今ここにいなかったかもしれませんよね」

「君のお父上は何があっても君のことだけは守っていたように感じるから、そこまではならなかったと思うけどな」

「……ありがとうございます」

今回のことは家の内部で済ませられたので、社交界には広まっていない。しかし、もし貴族たちが知ったら、お父様の反応は遅いと非難することだろう。私も事情を知らなければ同じように感じたと思う。

ただ、学園長は、プリシラ様やロザンヌが気に入らないと思うようなことを私たちがしたら、私を傷付けるとお父様に伝えていたらしい。だから、お父様はずっと動けなかった。

今の私はコミン侯爵家の保護下にあるし、何かあればギル様が動いてくれる。だから、学園長は迂闊《うかつ》に私に手を出せなくて、お父様に対する脅しの効力は弱まっている。

次に心配なのはお父様に危害を加えられないかということだ。でも、お父様に何かあればプリシラ様とロザンヌが困るだろうし、今は様子見といったところなのかもしれない。

「プリシラ様とお父様が離婚したら、お父様の身は危なくなるのでしょうか」

「その時の状況によるだろうな。やはり君が学園を卒業するまでは離婚しないようだから、まだそのことは心配しなくていいと思う」

「そうですね。かなり先のことですものね」

今は目の前のことに一つ一つ対処していかないと駄目よね。とにかく、今はトマス殿下の話がどんなものか、それについてどう対応するかに集中しなくちゃ。

無意識に両拳を握りしめ、馬車の天井を見つめていると、向かいに座るギル様が笑う。

「そんなに気負わなくてもいい。大抵のことは俺が何とかする」

「ギル様に守られてばかりではいけませんし、ギル様の役に立ちたいので頑張ります」

「ありがとう」

話をしているうちに城に着き、使用人が応接間に案内してくれた。すぐにトマス殿下がやって来て、私たちを迎えてくれた。挨拶を終え、お茶を淹《い》れたメイドが部屋を出ていくと、トマス殿下が話し始める。

「急に呼び出してすまないね。君たち二人に、というか、アリカ嬢に聞きたいことがあるんだ。かといって、アリカ嬢だけ呼び出すわけにもいかないし、ギルバートに聞かれたくない話でもないから、ギルバートにも来てもらったんだ」

「私に聞きたいこと、ですか？」

どんなものなのか全く想像がつかなくて首を傾げると、トマス殿下が尋ねてきた。

「ロザンヌ嬢というのはどんな人なのかな？」

「ロ、ロザンヌですか？」

「うん。君と彼女の仲は良くないらしいけど、一緒に住んでいた時期もあったし、クラスも一緒だって聞いているよ。だから、彼女のことをよく知っていると思ったんだ」

「ロザンヌの幼い頃のことは知りません。最近の彼女のことでよろしいでしょうか」

「それでかまわない。教えてくれないかな？」

「承知いたしました」

どうしていきなり、トマス殿下がロザンヌのことを知ろうだなんて思ったのかしら。そんな疑問が顔に出ていたらしく、トマス殿下が笑って言う。

「ごめんごめん。いきなりそんなことを聞かれたら驚くよね。実はリキッドの息がかかっている貴族から、ロザンヌ嬢を僕の婚約者にどうだという連絡が来てね」

「……まさか」

「そのまさかなんだよ。さすがにリキッドからは僕に言えなかったんだね。前回のアリカ嬢のことで懲りたんだろう。それは僕だって同じなのにさ。相手が違ったって派閥が一緒なら疑わないわけがないよね」

まさか、こんな手を使ってくるだなんて思わなかった。これって、ロザンヌの意思なのかしら？

それとも、学園長の独断？　何にしても、トマス殿下とロザンヌが結婚したら、ロザンヌの立場がギル様よりも上になってしまうのが気になる。

それだけじゃなくて、トマス殿下にロザンヌなんか薦められないわ。だから、正直に伝えなければ。

そう思って隣に座るギル様を見た。

「隠す必要はない」

「承知しました」

ギル様に促され、私は正直にロザンヌの日頃の行動や性格についてトマス殿下に話したのだった。

「そうか。そんな令嬢なんだね。……ということは、僕は本当に気を付けないといけないなぁ」

話を聞き終えたトマス殿下は、大きなため息を吐いてから倒れ込むようにソファの背もたれに身を預けた。

「どうかされましたか？」

ギル様が眉根を寄せて尋ねると、トマス殿下は苦笑しながら答える。

「二人は知っていると思うけど、僕は女性に優しくしてもらうとすぐにその人が自分のことを好きだと思い込んじゃうんだよね。だから、いつも皆から怒られるんだけど、どうしようもないんだよ」

「わかっていても思い込んでしまうんですね」

「そうなんだよ。だから、婚約者は自分で選ばないほうが良いと思っているんだ。僕も一応王子だから、変な女性に引っかかったらまずいだろう？」

なんと答えたら良いのか迷っていると、ギル様が躊躇《ためら》うことなく頷く。

「そうですね。国家を脅かすような女性と結婚すると言い出されてしまうと、大変厄介なことになります」

「だろ？　相手の女性が僕の前では優しくても裏で何をしているか、僕だけでは判断できない。普通の人なら勘付くことでも、相手に夢中になった僕には難しいだろう。だから、僕の妻になってくれた人を愛そうと思っているんだ」

「トマス殿下はそれで良いのですか？」

つい気になって二人の会話に口を挟んでしまった。トマス殿下は気分を害した様子もなく笑顔で答える。

「父上や母上、兄上たちが判断して決めてくれるのだから、僕に変な人を紹介することはないと思う。きっと、僕が自然に愛することのできる素敵な人を紹介してくれると思うんだ」

こんなことを言えるだなんて、本当に王家の方々は家族の仲が良いのね。当たり前なのかもしれないけれど、少し羨ましい。

「でも、多くの貴族は僕のことを考えずに自分の利益だけ考えて、令嬢を紹介してくる。だから、信用できる味方が少しでも多く欲しいんだ」

私にはトマス殿下が何をおっしゃりたいのか、さっぱりわからない。でも、ギル様には理解できたらしく、トマス殿下に尋ねる。

「私たちがトマス殿下に協力すれば良いということでしょうか」

「話が早くて助かるよ。その代わり、リキッドが君たちに手を出そうとしたら、僕が出る、もしくは僕が兄上や父上に話をする。これでどうかな?」

「それは大変ありがたいことですが、殿下にとって、それほどメリットがあるようには思えません」

ギル様に言われたトマス殿下は一瞬キョトンとした。でも、すぐに笑顔になって答える。

「ギルバートは疑り深いなぁ。……いや、それが普通なのかな。ギルバートは僕に大したメリットはないと言うけれど、そんなことはないよ。だって、リキッドは僕のことを完全に舐めているじゃないか」

「……舐めている?」

どういう意味かわからなくて聞き返すと、ギル様が口を開く。

「嘘をついてアリカ嬢を紹介しようとしたことや、今回のように自分の派閥の人間を使ってロザンヌ嬢を紹介したことを言っているんだ。トマス殿下のためと見せかけて、結局は自分のことしか考えていないだろう?　そんなことをしてもトマス殿下は自分の意図に気付かない、もしくは気付かれてもお咎《とが》めがないと思い込んでいるんだろう」

「……ということは」

トマス殿下に視線を移すと、ギル様の話を笑顔で肯定する。

「さすがに黙っていられないよ。だって、話を聞いたら、ロザンヌ嬢はただの嫌な女性じゃないか。そんな人を僕の婚約者に推薦？　ということは僕のこともそういうレベルの人間だと思っている、もしくは、そういう子がお似合いだと思っているってことだろう？」

「では、紹介してきた貴族には罰を与えるおつもりですか？」

ギル様に尋ねられたトマス殿下は、組んでいた足を組み替えて頷く。

「罰までは与えるつもりはないけど、問い詰めて見せしめにするよ。それでリキッドが大人しくなるかはわからない。でも、僕に舐めた真似をすることはなくなるだろう。あと、リキッドのダメージになりそうなのはロザンヌ嬢だよね」

トマス殿下は一度言葉を止めて、紅茶で喉を潤してから話を続ける。

「ロザンヌ嬢の情報を社交界に広めてもらおうと思う。捏造《ねつぞう》とか噂とかじゃなくて、ただ本当の話を流す。そうすれば、彼女を嫁にもらう貴族はいなくなるだろうね」

トマス殿下は悪い顔をした。こんな事を言っては失礼だけれど、あまり深く物事を考えていない方かと思っていた。でも、もしかして、そういうふりをしているだけなのかしら。

自分の命を守るために馬鹿なふりをしていたという人の話を聞いたことがある。トマス殿下も、もしかしてそうなの？

「アリカ嬢、深く考えないほうがいい」

ギル様に言われて、我に返る。視線を感じてトマス殿下を見ると、笑顔で私を見つめている。その笑顔がとても恐ろしく感じて視線を逸らした。

「安心して。僕はギルバートや君の味方だから。だから、リキッドについて知っていることを教えてくれたら嬉しいな」

「承知しました」

ギル様は頷くと、私に許可を取ってから、今までの私の身に起こった出来事で、学園長が関わった悪事を話したのだった。

第四章

「アリカ、わたしと勝負しなさい！」

トマス殿下に呼び出された次の日、教室に入ると、ロザンヌが私に近付いて来て言った。

「何の話？　またわけのわからないことを言うなら、ユナ様を呼ぶわよ」

「な！　コ、コミン侯爵令嬢は今は関係ないでしょう！」

ロザンヌは周りをキョロキョロと見回し、ユナ様がいないことを確認してから続ける。

「お母様から話を聞いているんでしょう？」

「話？」

聞き返してから思い出す。

そういえば、ギル様の婚約者の座をかけて勝負するとかいう話を勝手に決めていたわね。ギル様は相手にするなと言っていたし、そもそもロザンヌには不利な話だから、彼女は勝負をしないと思っていたんだけど違うのかしら。

「試験の成績のことを言っているの？」

「ええ、そうよ。わたし、学園での勉強だけじゃなくて、家庭教師に教えてもらうことになったの」

「そうなのね」

「だから、絶対にあなたに勝てると思うの」

「それはそうよね。家庭教師がつくんだもの。勝てないとおかしいわよね」

私は授業でわからないところはギル様やユナ様に教えてもらっているから、家庭教師までは必要ない。

そうだわ。これだけは言っておかなければいけない。

「勝負するのは良いけど、ギル様をかけるのは無理よ？」

「そ、それはわかっているわよ！」

「本当に？」

「わかっているって言っているでしょ！　ギルバート様はわたしの魅力で落としてみせるから！」

「じゃあ、ただ勝負をするだけでいいのね？」

「そんなわけないでしょう！　勝負に負けたほうが学園を出て行くの！」

ロザンヌの声が大きいので、クラスメイトの視線が一斉に私たちに集まった。ロザンヌはその視線が心地よいようで、誇らしげな表情で聞いてくる。

「受けてくれるわよね？」

「どうして、そんな勝負をしないといけないのよ」

「白黒はっきりさせるためよ」

「……試験の点数で白黒つけろって言うの？」

「ふーん、わたしに負けるのが怖いのね？」

ロザンヌは腕を組んで続ける。

「まあ、わたしが本気を出せば、アリカに勝つことなんて簡単だからね」

「そうなの？　ということは、あなたに有利な勝負をしようとしているわけね」

「……どういうこと？」

「だってあなた、勝負をする前からあなたの勝ちが見えているようなんだもの。自分に有利な勝負をするつもりなんじゃない？　結果がわかっているのなら、しなくても良いでしょう」

「じゃあ、負けを認めるの？」

「そういう意味じゃないわ。大体、負けたら学園を出て行くだなんて認められるわけがないじゃない。あなたが負けた場合、本当にこの学園から出て行くの？」

「そ、それはっ！　そうよ！　潔く出て行くわ」

ロザンヌは躊躇《ためら》いはしたけれど、皆が見ているし、自分から言い出したということもあって頷くしかないようだ。

「……わかったわ」

ロザンヌとこんな馬鹿馬鹿しい話をするのはもううんざり。何か企んでいるのだろうけれど、どうせ大したことじゃないでしょう。学園から出て行ってくれるのなら、そのほうが私の学園生活はより良いものになる。

頷いたあと、ロザンヌに背を向け、友人たちに挨拶する。

「おはよう」

「おはようアリカ。あんな勝負を受けてしまって大丈夫なの？」

「自分でも馬鹿だと思うわ。でも、ロザンヌがいなくなってくれたら学園でとても過ごしやすくなるのは確かなのよ」

プリシラ様はロザンヌをこの学園に通わせたがっていた。だから、ロザンヌが学園を辞めなければいけなくなれば、かなり悔しがるはずだ。

ユナ様たちからは、人を思いやる心も大事だけど、どうしても譲れない場合は自分の主張を貫くことも大事だと言われた。だから、今回は受けて立つことにしたのだ。

ロザンヌは自分の望み通りに勝負ができることになって、ご満悦だった。でも、彼女の明るい気分はそう長くは続かなかった。


「ロザンヌ、君がお姉さんに嫌なことばかりしているって本当なのか？」

放課後、帰宅準備をしていたロザンヌに隣のクラスの男子が近付いてきて尋ねた。

「……え？　一体、何の話をしてるの？」

「どうなんだい？　本当にお姉さんに嫌なことをしているのかい？」

「そんな、別に、嫌なことなんてしてないわ」

「していたじゃない！　今日だってアリカに絡んでいたわ！」

会話に割って入るか迷っていた私の代わりに、友人のルミーが怒りの表情で答えた。それを聞いた男子生徒は眉尻を下げる。

「君に関わったら面倒なことに巻き込まれそうだから、もう関わるのはやめにするよ。今までありがとう。これからは嘘をつかずにお姉さんを大事にしたほうがいいと思う」

「ちょ、ちょっと待って、どういうこと？」

ロザンヌの問いかけには答えず、男子生徒は教室を出て行ってしまった。

「一体、どうしたのかしら」

ルミーと顔を見合わせていると、今度はユナ様が教室に入ってきた。

「失礼します。アリカさん、今日は寄り道して帰りませんか？　ギル様も来てくださるそうですわ」

「えっと、それは、かまわないんですが」

「コミン侯爵令嬢！」

ロザンヌがユナ様の前に立ちはだかると、ヒステリックに尋ねる。

「何か、わたしに不利な噂でも流したんですか⁉　わたしをいじめて何が楽しいんですか！」

「何の話をしているのかさっぱりわかりませんわ」

「嘘です！　わたしの嫌な噂を流してわたしの立場を悪くしようとしているんでしょう⁉」

「情報を流したのはトマス殿下だ」

ユナ様の代わりに答えたのは、後から教室に入ってきたギル様だった。

「トマス殿下がどうしてわたしの悪い噂を流すんですか？」

普段は自分が攻撃するほうだから、攻撃されることに慣れていないのか、ロザンヌは目に涙を浮かべている。

「それは君の母上と仲が良い人に聞いてみればいい」

「わたしの母と仲が良い人？」

ロザンヌは一瞬、眉をひそめたけれど、相手が誰だかわかったのか頷く。

「……わかりました。確認してみます」

そう言って、ロザンヌは私のほうを振り返って睨《にら》みつける。

「今回のことは絶対に許さないから」

「あなたがやってきたことが返ってきただけでしょう。私のせいにしないで」

「そんなに嫌なら最初から嫌と言えば良かったのに！」

「言っていたわよ。だけど、あなたたちが聞いてくれなかったんじゃないの！」

「もういいわ！」

これ以上、私に話をさせると自分に不利になることに気が付いたのか、ロザンヌは話を打ち切り、自分の鞄を持つと教室から出て行った。

「大丈夫、アリカ？」

心配するルミーに頷いて笑顔を見せる。

「大丈夫。私は一人じゃないし、私自身も以前よりも強くなったはずだから」

「それなら良かったわ」

ルミーは優しく微笑み、ギル様とユナ様に一礼してから、「また明日」と言って帰っていった。

残っていたクラスメイトに騒がしくしてしまったことを詫びたあと、ギル様たちと一緒に教室を出て歩きながら話す。

「ギルバート様、ロザンヌさんの噂のことで何か知っているんですか？」

ユナ様はギル様を見上げて尋ねる。

「ロザンヌ嬢の情報を広めたのはトマス殿下だ。仲良くしている貴族の令息に連絡を入れられたんだろう。昼休みの間に噂が広まったんだろうな」

「そうだったんですね」

「わたくしの所にも話が回ってきましたわ。ですから、今日はアリカさんを教室まで迎えに行ったんです。そうしたら、途中でギルバート様とお会いしましたのよ」

「そうだったんですね。心配してくださり、ありがとうございます」

「今日は疲れたでしょう？　先程も言いましたけれど、寄り道としてお茶を飲みに行きませんか？　気分転換になると思いますの。お邪魔かもしれませんが、たまにはわたくしもアリカさんと出かけたいわ。ここ最近、お休みの日はずっとギルバート様と一緒なんですもの」

口を尖らせるユナ様が可愛らしくて、つい頬を緩めるとギル様が苦笑する。

「今日は俺が遠慮したほうが良さそうだな」

「そんなことはございませんわ！　大好きなお二人とお茶をご一緒できるだなんて幸せではありませんか」

微笑むユナ様を見た私とギル様は、顔を見合わせて頷き合った。そして、カフェでお茶とスイーツを美味しくいただきながら、ロザンヌとの勝負の話をしたのだった。

ロザンヌの悪い噂が流れた数日間、彼女は学園に来なかった。

さすがのロザンヌも傷付いたのかと思って、少しだけ可哀想に思い始めてきた頃、彼女は何事もなかったかのような顔で学園に登校してきた。

「おはよう、アリカ」

私よりも遅い時間にやって来たロザンヌは、笑顔で私に挨拶してきた。

「おはよう」

「一か月後の試験が楽しみね。アリカは寝ずに勉強したほうが良いと思うわよ？　まあ、アリカがどれだけ頑張ってもわたしが負けることはないんだけど！　あと、噂はそのうち消えると思うわ！」

ロザンヌはうふふ、と笑いながら自分の席に歩いていく。

かなり自信満々だったのでよっぽど勉強してきたのかと思ったけれど、そうでもなさそうだった。授業中に先生に当てられた時もちんぷんかんぷんな答えを返していたし、どこからあの自信が湧いてきたのかわからない。

ロザンヌは元平民だから文字を書くことも苦手なのに、大丈夫かしら。

良い天気だったので、昼休みはギル様の所に行って、今日のロザンヌの発言について話してみた。

すると、ギル様は難しい顔をして口を開く。

「その話を聞いた時から考えていたことがあるんだが」

「その話というのは勝負の話ですか？」

「ああ。冷静に考えると、この勝負、アリカ嬢がかなり不利というか、負ける可能性が高い」

「ど、どういうことですか？」

焦って聞き返すと、ギル様は尋ねてくる。

「ロザンヌ嬢は裏口入学の可能性が高いんだろう？」

「そうですけど……もしかして」

「そうだ。不正をする可能性がある」

「カンニングをするということですか？」

「試験問題を事前にロザンヌ嬢に全て連絡するとかだろう。答えも一緒にな」

「そんな、全問正解なんてされてしまったら、勝ち目はありません。私に全教科、全問正解だなんて無理です」

このままじゃ私はこの学園を辞めないといけないということ？　頑張れるだけ頑張ってはみるけれど厳しすぎるわ。

「不正の件は俺に任せてくれ。ちなみに、ロザンヌ嬢の勉強は捗っているのか？」

「……わかりません。お父様に聞いてみることにします」

帰ってすぐにお父様に手紙を書くと、次の日に返事が来た。

『ロザンヌは家庭教師をつけているが、勉強が嫌いだと言って、ほとんど何もしていない。家庭教師に聞いてみると、文字も自分の名前以外はまともに覚えていないそうだ』

やっぱり、ロザンヌは何らかの不正をするつもりなんだわ。文字が苦手でも、試験までにはさすがに覚えるでしょう。ギル様が任せろと言ってくれたから、私は私でできることをしなくちゃ。厳しい勝負になるのはわかっているんだから。

そう意気込んでいた私だったけれど、その心配は杞憂に終わることとなった。

＊＊＊＊＊

あっという間に日は過ぎ、試験期間に入った。

ロザンヌに負けないよう自分なりに一生懸命勉強したから、そう悪い点にはならないはず。でも、満点を取ります！　と胸を張って言えないところは悲しい。

今朝のロザンヌの表情は自信に満ち溢れていた。私と目が合うと、わざわざ私の所にやって来てこう言った。

「今日から三日間よろしくね。今のうちに学園生活を楽しんでおいたほうがいいわよ」

「違う学校に行っても学園生活を楽しむことはできるけどね。でも、私は私なりに頑張るわ」

「せいぜいあがいたらいいわ！」

ロザンヌはやはり、不正をする気なんだわ。そうじゃないとこんなに自信満々になれるはずがないもの。ギル様は大丈夫だと言っていたけれど、止められなかったのね。

ギル様が失敗しただなんて思いたくないけれど、彼だって完璧じゃない。だから、私は私できる範囲で戦わなくちゃ。

試験初日の今日は、苦手な数学から始まった。答えを全て記入することはできたけれど、どれだけ合っているかはわからない。でも、時間内に何度か見直すことはできたし、自信のないところ以外は合っているはず。

試験を終えて、席に座っているロザンヌを見てみると、なぜか青ざめていた。どうかしたのかと気になった。でも、私から話しかけて、また何か嫌なことを言われるのも面倒だった。

というよりも、あの子のことを気にしている余裕はないわ。そう思い、次の試験の教科書を手に取った。


一日目が終わり、友人と手応えはどうだったか話をしていると、ロザンヌが静かに帰っていくのが視界に入った。いつもの彼女なら、私に言いたいことを言ってから帰るはずだ。それをしなかったということは、予想外の問題でも出たのかしら。

そう思ったものの、すぐに友人との会話に戻った。

次の日の朝、ロザンヌは昨日の朝と同じで元気そうだった。でも、また試験が終わったら呆然とした表情をしていた。

ギル様が何かしてくれたのかもしれない。

試験期間中は午前中で学園が終わるから、コミン侯爵邸に帰ってすぐに、ロザンヌについてギル様に手紙を書いてフットマンに持って行ってもらった。すると『可能なら、今日会って話さないか』と返事がきたので、急いで出かける準備をした。

突然の訪問にもかかわらず、ギル様は笑顔で迎え入れてくれた。今は試験期間中なので、お仕事をお休みしているとのことだった。

「勉強の邪魔をして申し訳ございません」

「気にしなくていい。ロザンヌ嬢のことか？」

ギル様の部屋に通され、メイドがお茶を淹《い》れて出て行くと、二人きりになった。私は少し緊張しながら頷く。

「そうです。ロザンヌの様子がなんだかおかしくて。昨日も今日も朝は余裕そうにしているのに、試験が終わると顔色が悪くなっているんです。何かあったんでしょうか？」

考えられるとしたら、試験問題が思っていたものと違うくらいなんだけど、他にも理由があるのかしら。

「不正の件は俺に任せてくれと言っただろう？　それが上手くいっているだけだから、君は気にせずに試験を受ければいい」

「やっぱりギル様が何かしてくださっているんですね」

「ああ。もしかして、何をしたのか気になっているのか？」

「そうです。だって、朝は自信満々にしているのに、試験が終わると様子がおかしいんですもの。何をしたらそうなるのかと気になってしまいます。もしかして、ロザンヌが思っていた試験問題と、実際の問題は違うものになっているとかですか？」

考えたことをそのまま聞いてみると、ギル様は笑顔で頷く。

「そういうことだ。俺が学園の関係者に手を回したんだ」

「そうなんですね」

「例えば、試験問題を作った教師が学園長に問題を渡したとするだろう？　その後、違う教師に問題を変えてもらったんだ。全ての問題を変えているわけじゃないけど、問題は同じでも質問の仕方を変えたりもしているらしい。学園長に試験問題を渡した教師には、問題が変更になったことを知らせないようにしたんだ」

「でも、そんなことが全教科で起こったら、学園長もおかしいと感じるのではないですか？」

「感じるだろうな。だけど、公には文句を言えないはずだ」

「……そうですよね。別に、急遽問題を変えたとしても、学園長が文句を言うことではないですものね」

逆に、どうしてそんなことで文句を言うのかと不審がられる恐れもある。

「昨日の晩に学園長が問題を渡した教師に文句を言ったようだが、彼はそのことを知らないのだからどうしようもない。そして、今日も同じ結果になったわけだ」

「その先生は学園長に何かされていませんか？」

「その可能性はあるから、その教師の近辺には勘付かれないように護衛をつけている。さすがの学園長も誰かが関与していることに気が付いただろうから、もう迂闊《うかつ》に手を出せないだろう」

「ということは、今頃はロザンヌは必死に勉強しているのでしょうか」

「だろうな」

ギル様は呆れた顔で頷いた。

不正をしようとするからそうなるんだわ。楽をしたいと思う気持ちは悪いことではない。だけど、ロザンヌも、して良いことと悪いことの判断ができるようにならないといけないわ。

「色々と手を打っていただき、ありがとうございました」

「自分のためにやったことだ。ロザンヌ嬢も少しは勉強しているだろうし、どうなるかはまだわからない。君も気を抜かないようにな」

「わかりました。帰って勉強します！」

座っていたソファから勢いよく立ち上がって言うと、ギル様が視線を彷徨《さまよ》わせながら話しかけてくる。

「いや、その、まだ帰るのは早くないか？　せっかくだし、ルードが家に帰る時間まで、一緒に勉強するのはどうだろう？」

「よ、よ、喜んで！」

思いがけないお誘いに、私は笑顔で頷いた。

＊＊＊＊＊

次の日の朝、ロザンヌは浮かない顔をしていた。試験が終わったあとも私に絡んでくることもなく大人しく帰っていった。

試験が終わってからも学園長から嫌がらせをされるわけでもなく、ロザンヌから何か言われることもなく、あっという間に結果発表の日がやって来た。

授業ごとに試験の返却があり、私は全教科で平均点を超える八十点以上を取ることができた。

ロザンヌはというと、返ってきた答案用紙を見た時の顔が青ざめていたので、結果が良くないということだけはわかった。

その日のうちに、廊下に試験の総合点が張り出された。

ギル様は公爵のプライドがあるから首位は譲れないと言っていて、宣言通りに首位に名前があった。

「すごいですわね」

いつの間にかユナ様が私の隣に立ち、順位表を眺めていた。

「ギル様は本当にすごいです。それだけ努力もされているのだと思いますけど」

「そうですわね。元々、頭が良い方ではいらっしゃいますけれど、プレッシャーもありますでしょうし、しっかり予習復習をされているんでしょうね」

「ユナ様もそうなんですか?」

「もちろんですわ。周りにできて当たり前だと思われてしまうと、成績を下げるわけにはいかなくなるんですの。それよりも、アリカさんとロザンヌの順位はどうだったんですの?」

「……怖くて見られないんです」

素直に答えると、ユナ様が代わりに見てくれることになった。

少ししてから、ユナ様が大きく息を吐いた。体を震わせると、ユナ様は慌てた声を出す。

「不安にさせてしまってごめんなさいね。大丈夫よ、アリカさん。あなたの勝ちよ」

「私の勝ち？」

俯いていた顔を上げて聞き返すと、ユナ様が微笑んでいた。その時、ルミーが近付いて来て、私の順位がロザンヌよりも上だったことを教えてくれる。

「二十八位だなんてすごいじゃない！　ロザンヌは百十二位よ！　アリカなら大丈夫だと思っていたけど、ロザンヌが試験の時に自信満々だったからドキドキしていたのよね。本当に良かったわ！」

結果に安心して自分で順位を確認すると、ルミーが教えてくれた通りの順位が書かれていた。無事にロザンヌに勝利できたとわかって胸を撫で下ろす。

「さあ、ロザンヌさんはどうするのかしら。負けたほうが学園を辞めるという話だったのでしょう？　今すぐは無理だとしても、まさかずっと先のことだとも言いませんわよね？」

「ギル様が話をしてくれているみたいなんです」

ギル様は不正に対処しただけでなく、お父様を介してロザンヌとプリシラ様とも話をしていた。ロザンヌが負けた場合、次に学年が変わる時に転校すると取り決めをして、二人から署名をもらっていた。

そして、私が負けた場合は、ギル様が責任を持って私を転校させるとロザンヌたちに伝えていたそうだ。

ロザンヌとの勝負に乗った以上、学園を出て行く覚悟はしていたので異論はなかった。

ギル様は私が辞める場合は自分も辞めて、一緒に転校しようと考えていたらしい。ギル様に迷惑をかけずに済んで、本当に良かったわ。

「不正よ！」

突然、背後から叫び声が聞こえて振り返ると、ロザンヌが私を指さして睨《にら》みつけていた。

「いきなりあんなに順位が上がるなんて、不正をしたに決まっているわ！　アリカは今まで最高でも五十位くらいだったのに、今回は二十八位だなんて不正をしたとしか考えられないわ！」

「どの口が言うのかしら」

ユナ様が呆れ顔で呟き、私の代わりに何か言おうとしてくれた時だった。

「それを言うなら、君だってかなり順位が上がっているじゃないか」

いつの間にか私の隣にギル様が立っていた。ギル様はロザンヌに問いかける。

「君の順位はいつも三百人中二百八十位くらいだったよな？」

「ち、違います。前回は二百七十八位です！」

「それは申し訳なかった。で、今回の君の順位は？」

「……百十二位ですけど」

「なら、君の順位だってかなり上がっているよな。君は不正したのか？」

「わ、わたしは、ふ、不正なんかしていません！」

ロザンヌは視線を下に向けて、自分で自分の体を抱きしめながら言った。そんなロザンヌをギル様は冷めた目で見つめる。

「それなら、アリカ嬢だって不正をしているとは言えないんじゃないか」

「アリカは違います！　だって、不正をしていないのに、そんな簡単に順位が上がるなんてありえません！」

「簡単なんかじゃないわよ！　今まで以上に勉強したわ！　今までと違うのは試験勉強中にわからないところを教えてくれる人がいただけよ！」

黙っていられなくなって叫ぶと、ロザンヌが言い返してくる。

「教えてくれる人って誰よ!?　もしかして、先生？」

「違うわ、ギル様とユナ様が教えてくれたの。それよりもロザンヌ、あなた、どうなるかわかっているのよね？」

「な、何がよ!?」

「あなたはこの学園で次の学年を迎えられないってことよ」

「そ、それは無効よ！　だって、アリカが不正をしたんだから！」

「不正なんてしていないって言っているでしょう？　不正していたのはあなたのほうじゃないの？」

「何を言っているの？　そんなわけないいじゃない」

ロザンヌは証拠などないと思っているのか、自信満々の笑みで答えた。私の肩にギル様が優しく手を置いたので無言で見つめると、ギル様は苦笑する。

「あまり興奮しないほうがいい」

冷静になって辺りを見回すと、私たちに周りの視線が集まっていることに気が付く。

「申し訳ございません」

「気にするな」

小声で謝ると、ギル様は私には笑顔を見せてくれたが、すぐにロザンヌに厳しい表情を向ける。

「君と話がしたい。いつなら都合が良いかな？」

「わ、わたしとですか⁉　い、いつでも大丈夫です！　今すぐにでも！」

何を期待しているのか、ロザンヌは目をキラキラさせて、ギル様に近付こうとした。ギル様は素早く後ろに下がると、ロザンヌを睨《にら》みつける。

「これから授業なんだから今すぐなわけがないだろう。話をするのは君のご両親も一緒だ。これからのことについて話さないといけないからな。それに、根拠もないのにアリカ嬢の不正を疑ったことは許せない」

「許せないって、どうして、アリカのことでギルバート様がそんなに怒るんですか？」

「アリカ嬢は俺の婚約者だ。婚約者が悪く言われて黙っている奴はいないだろう」

私は顔がにやけてしまいそうになった。「婚約者だから」という言葉を何度も頭の中で繰り返して、自惚《うぬぼ》れないように気を付ける。

隣に立っているユナ様が淑女らしくない笑みを浮かべて私を見ているのに気が付いて、何とか冷静さを取り戻した。

「……話し合いの時は、アリカはいないんですよね？」

「ああ。俺と側近だけだ」

ロザンヌはそれを聞いて納得したようで、素直に頷く。

「わかりました。お母様とお父様に話をします。それから、日時をお伝えする形でよろしいでしょうか」

「かまわない」

ギル様は頷くと、私とユナ様を促す。

「とにかく場所を移そう。次の授業まで時間もあまりないしな」

周りに人が多すぎて会話しにくいからか、ギル様が私の肩を抱いて歩き始めた。

肩を抱かれるなんて、心臓がもたない。ユナ様に無言で助けを求めると、ユナ様は笑顔でギル様に尋ねる。

「わたくしはお邪魔かしら」

「邪魔じゃないから一緒に来てくれ」

からかうようなユナ様の口調に苛立ったのか、ギル様は眉根を寄せて答えると、すぐに表情を緩めて私に言う。

「始業時間が近付いているから詳しい話はできないが、ロザンヌ嬢は君が不正したことにして約束を反故《ほご》にしようとしているんだと思う」

「そうかもしれませんね」

不安そうな顔をしたからか、ギル様は困ったように微笑む。

「大丈夫だ。そんなことは絶対にさせない。詳しい話はまた改めてしよう。それからユナ嬢、色々とありがとう」

「とんでもございませんわ。ギルバート様やアリカさんのお役に立てたなら幸せです」

ギル様が言った通り、始業時間が近付いていたので、私たちはその場で別れ、改めて昼休みに話をすることにした。

教室に入ると、ロザンヌの姿が見当たらなかった。ロザンヌの隣の席の生徒に聞いてみると、忘れ物をしたから取りに帰ると言って出ていったと教えてくれた。

ギル様との約束の日時をプリシラ様に相談するために帰ったのね。

予想通り、ロザンヌは昼前には学園に戻ってきた。昼休みになると同時に、ギル様の教室に向かうのか、食事もせずに教室を出て行った。


プリシラ様が指定した日時は、次の休日の午後だった。

ロザンヌはプリシラ様に大丈夫だと言われたのか、試験に負けたことについて焦っている様子は見られなかった。

不正をしたことなんて自分が一番わかっているはずなのに、どうしてそんなに平気な顔をしていられるのか私にはわからなかった。

そうして日は過ぎ、約束の日の前日になった。どうしても明日のことが気になり、放課後にギル様の家にお邪魔した。

「急に押しかけてしまい申し訳ございません」

「アリカ嬢なら大歓迎だから気にしなくていい。明日のことが心配で来たんだろう？」

「ギル様を信用していないわけではないんです。ただ、私はギル様に守られてばかりで何もできていません。だから」

「俺は君にそんな気持ちになってほしくて間に入っているわけじゃない。君に幸せになってほしいから、できることは限られているかもしれないが手助けがしたいんだ。だから、俺がしていることは俺自身のためだと思ってくれたらいい」

ギル様は私の隣に座ると、優しく微笑んでくれた。

ギル様の言葉と笑顔に心臓の鼓動が激しくなる。心臓が耳の近くにあるんじゃないかと思うくらいに大きく聞こえた。

そういえば、当たり前なんだけど、ギル様は私のことをアリカ嬢って呼ぶわよね。ルード様たちはアリカと呼んでくれるのに。

「……アリカ嬢？」

「あ、あの、アリカで良いです」

「……ん？」

「い、いえ、何でもありません！」

私ったら、どうして口に出してしまうのよ!?　ギル様はお情けで婚約者になっているんだって何

度自分に言い聞かせたらわかるの⁉

自分自身を戒めていると「触れるぞ」とギル様は言って、私の頭を優しく撫でてくれた。

「せっかく会いに来てくれたんだから、顔を見せてくれ」

そ、それはそうよね。いつまでも俯いて話すわけにもいかないもの。

恥ずかしくなって俯いていた顔を上げて謝る。

「申し訳ございませんでした」

「謝らなくていい。顔が赤いが大丈夫か？」

「この赤さの原因が病気ではないことはわかっているので大丈夫です」

「……そうか」

ギル様は頬にかかっていた私の髪を指ですくって耳にかけた。

私ったら、本当に何をしに来たの⁉　このままだとギル様にときめきに来ただけだわ！　早く本題に入らないといけない。

「……あの、ギル様」

「どうした？」

「明日、私は行かなくても良いんでしょうか？」

「君は来なくて良いと思っているが、どうしてだ？」

「当事者である私も同席したほうが良いかと思いまして」

ギル様に頼ったままでは、ロザンヌやプリシラ様に意気地なしだと馬鹿にされそうな気がする。

賢い人なら、自分が動かずに他人に全てを片付けてもらうこともあるとは思う。でも、私の場合は自分で考えたわけではないし、彼女たちから何もしていないと非難されそうな気がした。

「一緒に来たいのか？」

「ご迷惑でなければ。自分が馬鹿なことを言っているのは承知しています」

「いや。自分で引導を渡したい気持ちはわかる。それだけ君が我慢せずに言いたいことを言えるようになったのは良いことだと思う」

「あまり甘やかさないでください。調子に乗ってしまいそうです」

「君はそんなタイプじゃないだろ」

もう調子に乗りかけているから言っているんだけど、ギル様にもわからないことってあるのね。

「明日はルードが一緒に来てくれるんだ。彼が良しと言うなら一緒に行こうか」

「ルード様は反対しそうな気がします」

「どうだろう。君次第だと思うけどな。先にルードに確認を取って許可が出たら、ルージー伯爵夫人には人数が増えたと連絡するよ」

ギル様は仕事中のルード様を呼び、事情を説明してくれた。最初は渋っていたルード様だったけれど、最終的には許可してくれたので、私も明日の話し合いに行けることになった。

その後、ルード様の仕事が終わるのを待って、一緒にコミン侯爵邸に帰ることにした。帰る時にはわざわざ、ギル様が玄関のポーチまでお見送りに来てくれた。

「気を付けて帰ってくれ」

「今日はありがとうございました」

「気にしなくていい。じゃあ、アリカ、また明日な」

ギル様はあの時、私の言葉が聞こえていないふりをしていたのね！

「聞こえていたんですね！」

恥ずかしくなって軽くギル様を睨《にら》むと、ギル様は微笑する。

「君に言われなくても、いつかはそう呼ぶつもりだった。だから、君も様をつけずに俺の名を呼べるようになってくれ」

「……努力しますが当分は無理です！」

そう叫ぶと、よっぽど酷い顔をしていたのか、ギル様だけでなくルード様にまで笑われてしまった。

＊＊＊＊＊

次の日、ギル様と合流してから実家へ向かうことになった。

お父様は話し合いに参加するつもりはなかったそうだが、私が参加すると聞いて急遽合流して、合計六人での話し合いになった。

私が来ることを事前に知っていたにもかかわらず、プリシラ様もロザンヌも私を睨《にら》みつけてきた。

昔はそんな二人を見て傷付いていたけど、今は馬鹿馬鹿しくて笑ってしまいそうになる。

私は、こんな人たちに遠慮して生きていたのね。

「今日はロザンヌ嬢の転校について話しに来た」

挨拶を交わすと、ギル様の右隣に私、左隣にルード様という形で並んで座った。そして、テーブルを挟んだ向かい側にお父様たち三人が並んで座ると、ギル様が切り出す。

「アリカが不正をしたんですから、転校するのはアリカです！」

「私は不正なんてしていません」

「うるさい！　黙りなさい！」

言い返すと、プリシラ様はヒステリックに叫んだ。

「ルージー伯爵夫人、アリカが不正をしたと言える証拠があるのか？」

ギル様が冷たい声でプリシラ様に尋ねると、彼女は自信満々に答える。

「証拠はありませんが、そうでもしないとアリカは良い点数が取れないからです！」

「それを言うなら、ロザンヌ嬢も以前よりもだいぶ良い点数が取れたみたいだが、それについてはどう考えているんだ？」

「この子の場合は実力です！」

「アリカだって実力だ」

お父様が隣に座るプリシラ様に言うと、ギル様も頷く。

「俺もそう思います」

ギル様が無言でルード様を見ると、ルード様は膝の上に置いていた革鞄の中から書類を取り出してテーブルに置いた。

「これはロザンヌ嬢から罵声を浴びせられたという教師たちの証言をまとめたものだ。ロザンヌ嬢、君は試験の問題が聞いていたものではないと怒り、職員室でリキッド様の名前を出して暴れたらしいな」

ルード様の話を聞いたプリシラ様の顔が真っ青になり、ロザンヌは両手を頬に当てて声にならない声を上げた。

「職員室で暴れた？」

そんな馬鹿なことをしていたなんて信じられなくて思わず呟くと、ルード様は私を見て頷く。

「試験後、アリカはロザンヌ嬢が大人しく帰ったと思ったようだが、実際はそうではなかったんだ。職員室に行って、何人かの教師を名指しして怒鳴り散らしたそうだ」

「……ロザンヌ、あなた一体何を考えているの？　そんなことをしたら、自分で不正していますって言っているようなものじゃないの」

思わずロザンヌに問いかけるも、彼女は私を睨《にら》むだけで何も答えない。

怒りが抑えきれなかったのか、学園長がもみ消してくれると思ったのかはわからない。でも、どう考えたっておかしい。不正したことを知られたくなかったら、そんな馬鹿なことはしない。

「どういうことなの、ロザンヌ！」

プリシラ様が顔を青くしたまま叫ぶと、ロザンヌは目を泳がせながら答える。

「イライラしちゃったから先生に八つ当たりをしに行っただけよ。だから、不正とは関係ありません！」

「学園長の名前を出して脅されたという教師が何人もいるんだが、それについてはどう説明するつもりだ？」

ギル様が冷たい口調で尋ねると、ロザンヌはびくりと体を震わせる。

「か、勘違いだと思います」

「勘違い？　どういうことだ？」

「その教師の勘違いだと思います！」

ロザンヌは立ち上がり、テーブルの上に置かれていた書類を手に取ると、いきなり破り始めた。

「ロザンヌ、何をしているのよ！」

慌てて止めようとしたが、ギル様が私の腕を掴んで制する。

「大丈夫だ。原本は保管してある。それに、本人たちにもう一度証言してもらえば済むことだ」

「そ、それは、そうですね」

冷静でないのは私もだった。ギル様に諭され、大人しくソファに座ると、ギル様はいい子だと言うように優しく頭を撫でてくれた。

同い年のはずなのに、子供扱いされてしまっているわ。

ロザンヌは私とギル様の様子が気に入らなかったのか、テーブルを乗り越えんばかりに身を乗り出して叫ぶ。

「あなたたちの思い通りにはさせないんだから！」

「やめなさい、ロザンヌ！　あなたはちょっと黙ってなさい！」

「だって、お母様！」

「職員室に乗り込むだなんて何を考えているのよ！」

プリシラ様の顔色は多少良くなりはしたものの、険しい顔をしてロザンヌを叱責する。

「先生方に迷惑をかけるなんてありえないわ！」

「だ、だって、試験の問題が」

「ロザンヌ、もういいわ！　あなたは外に出ていなさい！」

「嫌よ！」

「言うことを聞きなさい！」

プリシラ様は立ち上がると、ロザンヌの腕を掴んで無理やり部屋から出そうとする。

「お母様、痛いです！」

「あなたが自分から出て行けば痛い思いをしなくてもいいのよ！」

ロザンヌにこんなに冷たい態度を取るプリシラ様を見るのは初めてだった。私が驚くくらいだから、ロザンヌのほうがもっと驚いているに違いない。

「お母様、もしかして、怒っているんですか？」

「当たり前じゃないの！」

プリシラ様は私たちを振り返り、引きつった笑みを浮かべる。

「申し訳ございません。少しこの子と二人で話をしてきます」

「どうしてですか？　お母様はいつだってわたしの味方だったじゃないですか！」

「黙っていなさいと言っているでしょう！」

プリシラ様に怒鳴られたロザンヌは、今にも泣き出しそうな顔になった。プリシラ様はロザンヌを引きずるようにして、部屋から出て行った。

今まで怒鳴られていたのは私で、彼女は褒められることしかなかったんだもの。そんな顔になっても仕方がない。

それにしても、どうしていきなりプリシラ様はロザンヌにあんな態度を取ったの？

「酷い親だ」

「切り捨てたか」

ルード様の呟きにギル様が答えた。

「どういうことですか？」

どういう意味かわからなくて二人に聞いてみたけれど、顔を見合わせただけで答えてくれない。戸惑っていた私に答えを教えてくれたのはお父様だった。

「プリシラはロザンヌを切り捨てるつもりかもしれない」

「ロザンヌを切り捨てる？」

私が聞き返したと同時に、プリシラ様が部屋に戻ってきた。

「お待たせいたしました。ロザンヌが申し訳ございませんでした」

プリシラ様はギル様たちに頭を下げたあと、私に笑顔で話しかけてくる。

「アリカ、ごめんなさいね。あの子、やっぱり不正をしていたみたい。先生と繋がりがあったみたいね。あなたが不正しているだなんて酷いことを言ってしまってごめんなさい」

「私が不正していないのは間違いないですけど、いきなりどうしたって言うんですか」

「怒っているわよね？　当然だわ。私だって酷いことを言ったと思っているの。だけど、あなたのことはロザンヌから悪い話しか聞いていなくて、不正をしていると思い込んでしまったのよ」

プリシラ様は右手を頬に当てて悩むような仕草をした。

まさか、本当にプリシラ様はロザンヌを切り捨てようとしているの？　実の娘なのに⁉　信じられないわ！

「……あの、でも、いきなりそんなことを言われても信じられません」

「何のことかしら」

「だってあなたは私に色々と嫌なことをしてきたじゃないですか！」

テーブルに身を乗り出して叫ぶと、プリシラ様は笑顔で圧をかけてくる。

「アリカ、今はロザンヌの転校の話をしているのよね？」

「……そうですけど」

「じゃあ、その話は今はいいでしょう」

「そうですね。今、する話ではないでしょう」

ギル様が私の代わりに答えると、私の手を優しく握って言う。

「一つずつ片付けよう」

「は、はい」

今日のギル様はスキンシップが多いような気がするわ。それだけ、私が冷静になれていないってことよね。

「ロザンヌが勝手なことをしてしまい、申し訳ございませんでした。約束通りに転校させますので、今回の件はお許し願えませんでしょうか」

座ったままではあるけれど、プリシラ様は深々と頭を下げた。

この人がこんな風に頭を下げている姿なんて初めて見た気がする。

「職員室で暴れた件はどうするんだ？」

「もう、ロザンヌは学園に行かせませんので」

「どういう意味だ？」

ギル様が眉根を寄せた時だった。部屋に戻らずに聞き耳を立てていたのか、ロザンヌが部屋に入ってきて叫ぶ。

「嫌です！　わたしはアリカに負けていません！　だから、転校なんてしません！」

「部屋に戻っていろと言ったでしょう！」

プリシラ様はヒステリックに叫ぶと、近付いてきたロザンヌの頬を平手打ちした。

「お、お母様？」

打たれた頬に手を当てて、ロザンヌは涙目でプリシラ様を見つめた。

「本当にあなたは勝手なことばかりするのね！　私は何も知りませんから！」

「お母様、どういうことですか⁉　だって、今までお母様が全部わたしに！」

「黙りなさい！　嘘ばかりつくのはもうやめて！　アリカのことだって嘘ばかり言って私を騙していたんでしょう！」

「そんな！　わたしは嘘なんかついていません！　それにお母様だって一緒になって！」

「まだそんな嘘をつくつもりなの⁉」

プリシラ様がまた手を上げたので、お父様が間に入って止める。

「やめろ、プリシラ！」

「こんな時だけ父親面しないでくださいよ！」

「父親じゃなくても止めるだろう！　自分の娘に暴力を振るうなんて信じられない」

「暴力ではありません！　躾《しつけ》です！」

「何度も叩く必要はないだろう」

「何度も叩いてはいませんわ」

「叩こうとしていたじゃないか！」

お父様に怒鳴られたプリシラ様は少し冷静になったのか、自分の腕を掴んでいたお父様の手を振り払い、震えているロザンヌに柔らかな表情を見せる。

「ごめんなさいね、ロザンヌ」

「お、お母様」

「でも、あなたが悪いのよ？　あなたが私に嘘をつくから」

「わたしは嘘なんかついていません！」

「ついていたでしょう。今までのアリカの話もそうだし、先生に色仕掛けをして試験の問題を教えてもらった。それが本当のことなんでしょう？」

プリシラ様の豹変ぶりを見ていると、ロザンヌをとても可愛がっていたプリシラ様と本当に同一人物なのかと疑ってしまう。

自分の保身のためにそんなに簡単に娘を切り捨てることができるものなの？

ロザンヌが正直に話せば、学園長が絡んでいたことがわかる。学園長は権力で揉み消そうとするでしょうけど、たとえ成功しても無傷とはいかないはずだわ。学園長の座を自ら降りる必要も出てくるでしょう。そんなことになったらプリシラ様も困るわよね。

まさか、学園長に捨てられないように、ロザンヌとの関係を切ろうとしているの？

でも、ロザンヌがいるからこそ学園長が言うことを聞いているような気がする。

「ちょっとしたお願いみたいなことはしたことがありますけど、色仕掛けなんてしていません！」

「黙りなさいロザンヌ！　私はあなたをそんな子に育てたつもりはなかったのに！　あなたのせいで私まで」

「いい加減にしろ」

ギル様が冷たい声で言うと、プリシラ様は言いかけていた言葉を止めて、ギル様に頭を下げる。

「見苦しいところをお見せしてしまい申し訳ございません。娘がこんなことをしていたなんて本当に知らなかったもので、動揺してしまいました」

「嘘よ！　お母様は知っていたわ！　だって！」

「あなたは黙っていなさい！」

プリシラ様にまた怒鳴られたロザンヌは、涙を流しながら口を閉じた。

「ロザンヌを庇《かば》うわけではありませんが、ロザンヌは難しいことを考えられる子じゃありません。試験問題の流出については、誰かが指示をしたんじゃないんですか？　ロザンヌは家庭教師をつけて頑張るつもりだったのよ。それなら、不正しようとは考えなかったと思います」

そこまで言ったプリシラ様はハッとした顔になって叫ぶ。

「そうよ！　そうだわ！　家庭教師をしていた、あの女がロザンヌに良からぬことを吹き込んだのね！　あの女を問い詰めましょう！」

「いい加減にしろと言っただろ！」

ギル様は我慢しきれなくなったのか、珍しく大きな声で叫んだ。

「助けてください、ギルバート様！　わたしは何もしていません！　お母様がっ！」

ロザンヌはようやくプリシラ様に見捨てられたことに気が付いたのか、ギル様に助けを求めようとした。でも、ギル様はロザンヌの言葉など聞こえていないように私を見る。

「今日は帰ろうか。ロザンヌ嬢の転校の話は終わったしな」

私が答える前に、ロザンヌが叫ぶ。

「待ってください、ギルバート様！　わたしはっ、わたしは、学園を辞めたくないです！　ギルバート様のことをお慕いしているんです！」

「悪いが、いい加減諦めてくれ。俺にはアリカがいるんだ。ちゃんと反省すれば、新しい学園で良い奴が見つかるだろう。祈っておくよ」

「祈らなくていいんです！　わたしを、ギルバート様の婚約者にしてください！」

「断る」

ギル様は躊躇《ためら》うことなく拒否すると、お父様に言う。

「本日はこれで失礼します。ロザンヌ嬢の転校の件はお任せします」

「承知いたしました。ロザンヌが自分から言い出したことですし、署名までしているんです。問題の流出以前に勝負には負けているんですから、ロザンヌは転校しなければなりません」

「嫌よ！　お願い！　お願いよ、アリカ！　ギルバート様の婚約者の座をわたしに譲ってよ！　今までだって、色んなものをわたしに譲ってくれていたでしょう!?」

「譲っていたんじゃないわ。あなたに奪われていただけよ！」

ロザンヌに反省の色が全く見えないので言い返すと、ギル様を急かす。

「帰りましょう。ロザンヌと話をしても無駄です」

「待ってよ、アリカ！」

ロザンヌは絶対に帰らせないとばかりに扉の前を塞いだ。そんなロザンヌの腕をお父様が優しく掴む。

「もうやめなさい、ロザンヌ」

「うるさい！　あんたなんか父親じゃないわ！　触らないでよ！」

「……そうだな」

お父様は目を伏せて頷きはしたけれど、ロザンヌの腕を放そうとはしなかった。その間に、私たちは部屋を出て、静かに扉を閉める。

「待ってください！　ギルバート様！　本当に、わたし、転校したくないんです！」

ロザンヌの泣き叫ぶ声は、私たちを乗せた馬車が動き出すまで聞こえていた。

さっきのロザンヌを見て、少しだけ可哀想に思えてきた。だって、誰も味方がいないんだもの。絶対に味方してくれると思っていた母親に裏切られたら辛いに決まっているわ。

ロザンヌには良い感情はないけれど、彼女の気持ちを考えると少しだけ同情した。

「さすがに可哀想になったが、自業自得だからしょうがない。次は、母親をどう攻めるかだ」

重苦しい空気の中、ギル様は私にではなく、ルード様に言った。

＊＊＊＊＊

プリシラ様の言葉通り、次の日からロザンヌは学園に来なくなった。学園に登校させれば、ロザンヌがプリシラ様の不利になるようなことを言うに決まっているから、プリシラ様が行かせないようにしているのだと私は思った。だけど実際は違った。

お父様にロザンヌのことを確認すると、彼女自身が部屋に引きこもって出てこないのだという。

ロザンヌにはプリシラ様しかいなかった。学園に友達もいない。彼女にとって唯一の味方であるプリシラ様が彼女を見捨てたことは、私が思っている以上に、ロザンヌの心を傷付けたみたいだ。

でも、私はプリシラ様がロザンヌを本当に切り捨てることはないと思っていた。

お父様は、プリシラ様は母ではなく、女性になってしまったのだろうと言っていた。それが悪いことなのかどうかはわからない。でも、子供を見捨てることが悪いのは間違いなかった。


ロザンヌが学園に来なくなっても、全ての問題が片付いたわけではなかった。

学園長に協力していた教師たちは、ロザンヌに脅されていた人たちのみお咎《とが》めなしになった。

一度にたくさんの教師がいなくなったら、生徒が授業を受けられなくなってしまうからだ。ただ、今後また同じようなことがあってはいけないので、もしまた学園長から法に反するようなことを強要されることがあれば、ギル様に連絡をするという誓約書にサインをさせたと聞いた。

ただ、ロザンヌに邪な気持ちを持っていた教師は懲戒免職になった。


放課後、友人と別れて馬車の乗降場に向かっていると、目の前に学園長が現れた。

「……ごきげんよう」

「こんにちは。何だか浮かない顔をしているね」

周りに多くの生徒がいるので、学園長は温和な笑みを浮かべて話しかけてくる。

「良かったら悩みを聞かせてくれないかい？　その代わり、私の聞きたいことにも答えてほしいんだが」

優しい学園長を装うためか、柔らかな口調だった。本性を知っている私は余計に恐怖を感じた。

「特にありません。さようなら、学園長」

笑顔を作って一礼しても、学園長は私の前から退くつもりはなさそうだった。

「悩みを聞くから、一緒に生徒指導室へ行こうか」

「結構です！　悩みでしたら相談できる人は周りにたくさんいますから！」

「遠慮しなくていいよ。さあ、行こうか」

無機質な笑みを消すことなく、学園長は無理やり私を連れて行こうとする。

「待ってください！」

助けを求めて叫ぼうとした時、ギル様の声が聞こえて振り返る。急いで来てくれたのか、少しだけ息が荒い。

「学園長、アリカをどこへ連れて行くつもりなんですか」

「……連れて行こうとしていたわけじゃない。彼女が何かに悩んでいるようだから相談に乗ろうとしていたんだ」

「いつから生徒の悩み相談を受け付けるようになったんですか。それに、アリカには俺がいますから必要ありません」

俺がいるという言葉に驚きはした。だけど、そんな余計なことを考えている場合ではない。

「結構ですと申し上げたのですが、私を無理やり連れて行こうとしました」

「無理やりではないだろう！」

学園長は大きな声で否定した。彼は周りを見回し、生徒の視線が自分に集まっていることに気付くと、自分が聞きたかったのだろう話を持ち出してくる。

「彼女の妹が不登校になっていると聞いて、何かあったのかと思っただけなんだ」

「生徒のことを考える気持ちは立派だと思いますが、不登校の生徒はロザンヌ嬢だけではないはずです。まずはそちらを優先して差し上げてはどうでしょうか」

ギル様は学園長にそう答えると、私の手を取って言う。

「帰ろう。今日は家まで送る。あ、いや、ひとまず俺の家に行こう。家に帰るのは遅くなるが、ルードと一緒に帰ればいい。ユナ嬢にも話をしておけばいいだろう」

「は、はい！」

「では、学園長、失礼します」

ギル様は笑顔で挨拶して歩き出したが、すぐに足を止めて、学園長のほうを振り返る。

「ロザンヌ嬢が学園に来ないのは、彼女の母親のせいだと思います。どうしても気になるのであれば、母親に連絡してはどうですか？」

「な、何だと!?」

学園長が声を上げたけれど、ギル様は無視して歩き出すので、手を繋がれている私も慌てて歩き出す。

「あの、ギル様、ありがとうございました」

「間に合って良かった。どうせ接触したのならと思って、ロザンヌ嬢の母親のことを言ってみたが、動きがありそうだな」

「学園長はプリシラ様に連絡するでしょうか」

「するだろう。ルージー伯爵夫人はロザンヌ嬢が学園に来ない理由を君のせいだと言っていただろうから」

ギル様の言葉通り、この日の晩、プリシラ様は友人と食事だと言って出て行き、帰ってきた時には頬が真っ赤に腫れていたと、お父様が教えてくれた。


お父様から聞いたプリシラ様の様子をルード様に伝え、ルード様からギル様に連絡を入れてもらった。ギル様の側近たちが、お父様の証言からその日のプリシラ様と学園長の行動を調べ上げ、ギル様に報告した。

それから数日。報告結果を私にも教えてもらえることになり、私は今、ギル様の自室にいる。

「学園長はルージー伯爵夫人よりもロザンヌ嬢のほうが大事なようだな」

「プリシラ様は使い勝手の良い愛人ですもの。奥様にバレてしまった今では、プリシラ様は邪魔な存在ですよね」

「ロザンヌ嬢とは血が繋がっているから可愛いんだろうな」

「二人は雰囲気が似ていますし、学園長も自分の子かどうか疑う気にはならないんでしょうね」

もしロザンヌが学園長に似ていなかったら、今頃はどうなっていたのかしら。学園長はロザンヌを自分の子ではなく、他の男性との子だと言い張っていたかもしれない。

「プリシラ様の頬が赤かったと聞きましたが、誰かに殴られたんでしょうか」

「そのようだな。といっても、学園長本人にではない」

「……誰に殴られたのですか？」

「学園長がルージー伯爵夫人と会っているところを誰かに見られたら困るだろう。だから、本人ではなく、彼の側近が雇った人間が接触したみたいだ」

ギル様に説明されて気付いた。そう言われてみればそうだわ。変な噂が立ったら困るでしょうし、学園長はそんなリスクは冒さないわよね。

「プリシラ様と会った人は、学園長の側近に雇われただけの人なんですか？」

「店の人間の話では、貴族には見えなかったらしい。使い捨てできる人物だろうな」

「どうして殴ったんでしょう。話を聞くだけですよね」

「聞いていて嫌になる話をしたのかもしれないな」

「ロザンヌを酷く言っていたんでしょうか」

先日のプリシラ様の様子を思い出して言うと、ギル様は頷く。

「たぶんな。よっぽど酷いことを言うようなら、暴力を振るっても良いと許可していたのかもしれないし、話を聞いた人間が個人的に腹を立てたのかもしれないけれど、ルージー伯爵夫人が殴られたのは確かだ」

「子供が傷付いているのに、自分のことばかり考えている母親を目の前にしたら、普通の人は嫌悪感を覚えそうですよね」

実は私も、一時期はお父様に見捨てられたように思っていた。でも、実際は私を守るためで、自分のことよりも私のことを考えてくれていたんだと知ったから、お父様はプリシラ様とは別だとわかっている。

「お父様に聞いた話では、プリシラ様は落ち込んでいる様子はなく、どちらかというと怒っていたそうなんです。学園長が自分を殴っても良いという指示を出すわけがないと思っているということですよね」

「まあ、実際に許可を出しているかはわからないしな」

「学園長はプリシラ様に何かするでしょうか？」

「ロザンヌ嬢を引き取ることはできないにしても、何らかの形でまたプリシラ様に接触し、ロザンヌ嬢を大事にするように言うだろうな」

「自分の娘のことはそれだけ大事に思えるのに、他人の娘がどうなろうが何とも思わないんですから酷いですね」

親の気持ちがわかるというのなら、パーティーの日、私が襲われていたら、お父様がどんな気持ちになるのかくらい想像できたでしょうに。といっても、自分のことしか考えていない人は、他人がどう思うかなんて考えないし、悲しんでいる姿を見ても、どうとも思わないんでしょうね。

小さくため息を吐くと、ギル様が口を開く。

「学園長が不自然ではない状況でルージー伯爵夫人に近付く可能性がある」

「不自然ではない状況、ですか？」

「ああ。何か理由がなければ表立って会うことはできないからな。手紙や誰かを介してではロザンヌ嬢の状況がはっきりしない。だから、自分で確認しようとするんじゃないかと思っている」

「そうなると、夜会とかですかね」

「俺もそう思う。リキッド家で近いうちに夜会が開催されるかもしれない。その時、ルージー伯爵夫妻も呼ばれるだろう」

「その時に話をするつもりでしょうか」

「たぶんな」

「でも、奥様がいるところに、わざわざ愛人を呼びますか？」

「その奥様は現在、原因不明の病で寝たきりらしい。だから、夜会には出席できない」

「そ、そんな！　まさか、その件に学園長が関わっていませんよね？」

驚いて尋ねると、ギル様は難しい表情で答える。

「悪いが、その件は憶測で話はできない」

その後は、重々しい空気のまま別れることになった。

そして数日後、ギル様の予想通り、リキッド家主催の夜会が開催されることになり、お父様の所に招待状が来たと知らせがあった。

＊＊＊＊＊

私たちは夜会に招待されないと思っていたが、ギル様にも招待状が届いた。行くかどうか迷ったが、ギル様と相談した結果、夕方の部にだけ出席することにした。

夜会までの間、実家では大きな動きがあった。

進級を待たずに、ロザンヌの転校先が決まった。

お父様から聞いたところによると、今すぐ転校するのであれば、前のように優しくしてあげるとプリシラ様がロザンヌに言い聞かせたみたいだった。

そんな話を聞くと、もっとロザンヌが可哀想になってしまう。ロザンヌにも友達がいたら状況は変わっていたのかしら。私がもっとロザンヌに何かしてあげるべきだったの？

そんなことを何度も考えた。でも、結局、答えは出なかった。

「どうかしたのか？」

ロザンヌのことを考えていたせいで、馬車が停まっていることに気が付かなかった。そんな私をギル様が心配そうな顔で覗き込んできた。

「申し訳ございません。ロザンヌのことが気になってしまって」

「気持ちはわかる。それに、今日はお父上の身の心配もあるし、不安も大きいだろう。だが、今は気持ちを切り替えたほうがいい。どうしても気になるなら、君のお父上に視界に入る範囲にいてもらえばいい。ただし、学園長は必ず俺たちに接触してくるだろうから、俺のそばを離れないでくれ。ルージー伯爵夫人と学園長の話し合いが終われば、すぐに帰ろう」

「承知しました」

黒のタキシード姿のギル様とダークブルーのイブニングドレスに身を包んだ私は、まずはお父様たちがどこにいるかを確認し、お父様とプリシラ様が別行動になった時には、プリシラ様の動きを追うことにした。

お父様には絶対に一人にならないようにとお願いしていたけれど、杞憂に終わりそうだった。注意深く見ていると、お父様は知り合いが多く、一人になる様子はなさそうだ。

そんなお父様とは逆に、プリシラ様はわざと一人になろうとしていた。

パーティーが始まって一時間が経った頃、プリシラ様が会場を出て行く姿が見えた。

彼女が向かったのは、中庭に続く扉だった。会場内には学園長の姿も見えないから、とうとう二人の密会が始まるのだとわかった。

「どうしましょう。ついていったほうが良いんでしょうか」

「警備の人間に怪しまれるだろうから深追いはできないが、自由に動ける所まではついていこう。会場内には護衛騎士を連れてきていないから、危険な真似はできない。できれば君はルージー伯爵と一緒にいてほしいんだが」

「足手まといにならないようにしますので、一緒に行かせてください」

「わかった。君の姿が見えないのも心配になるしな」

会場からだいぶ離れていくのなら追うのはやめようと決めてから、私たちはプリシラ様のあとを追う。すぐには姿が見つからなくて、見失ってしまったかと思ったけれど、二人は会場からそう離れていない所で密談していた。

あまり近付きすぎると気付かれてしまう。二階のバルコニーから見下ろしてみようとギル様が言うので、急いでそちらに向かうと、バルコニーに続く扉の前には二人の兵士が立っていた。外へ出たいと言うと、「申し訳ございません。ここは立入禁止になっています」と断られてしまう。

しかし、ギル様が命令すると、しぶしぶその場を退いてくれた。

さすがに学園長も手は打っていたようだけれど、この日限りの雇われ兵士だったのか、通してもらえて助かった。

騒がしかった室内から一歩外に出るだけで急に静かになる。

姿は見えないけれど、プリシラ様と学園長の会話が聞こえてきた。

「ロザンヌを連れて来いと言っただろう！」

「あなたとは久しぶりにお会いするんですよ！　あなたはロザンヌがいたらロザンヌしか見ないじゃないですか！　それなのに連れて来れるわけがないでしょう！」

「うるさい！　そんなの当たり前だろう！」

「あの子はあなたと私の子なんですよ！　ロザンヌが可愛いのはわかりますが、私を見てくれてもいいじゃないですか！」

「……もう終わりだ」

冷たい声で学園長が言った。

「ど、どういうことですか」

「ロザンヌに会えなくなるのなら、お前と連絡を取っている意味はなくなった」

「ちょっと、そんな、待ってください！」

「私とお前の繋がりはロザンヌがいなければ切れるんだ。ロザンヌを恨むなよ。お前が自ら縁を切る道を選んだんだ」

「そんな！　嫌です！　待ってください！　あなたが私と縁を切ることになったら、ルージー伯爵に離婚されてしまうかもしれません」

「そうだな。でもそれで良いんじゃないか。ルージー伯爵には離婚してもいいが、ロザンヌの面倒だけは見るように伝えておこう」

「どうして、そんな酷いことを言うのですか！　私はあなたのために色々なものを捨ててきたんですよ！」

暗闇に目が慣れてきて、二人が会場を出てすぐのベンチの前で話をしている姿が確認できた。プリシラ様は必死に学園長に追いすがる。

「私のことを愛してくれているんじゃないんですか！」

「昔の話だ。ロザンヌがいなければ、お前などただの邪魔な女だ。殺されないだけマシだと思え」

「そ、そんな、嫌です！　嘘だと言ってください！」

「嘘なんかじゃない」

学園長はプリシラ様を突き飛ばし、地面に倒れ込んだ彼女を見下ろして告げる。

「もう二度と私に近付くな。しつこく付きまとうようなら命はない」

学園長はそう言い捨てると、背を向けて歩き始めた。

私とギル様は慌てて会場内に戻り、兵士たちに口止めをしてから、何事もなかったかのような顔をして人混みに紛れ込んだ。

リキッド様に捨てられたショックからなのか、プリシラ様はなかなか会場内に戻ってこなかった。お父様に先程の話を伝えて、捜しに行くふりをして見に行ってもらおうかとギル様と話をしていた時、学園長が話しかけてきた。

「お二人に来ていただけるなんて光栄ですよ」

学園外だからか、学園長は私たちに敬語を使っていた。カーテシーをして、今日のパーティーに招いてもらったことへのお礼を述べると、学園長は貼り付けたような笑みを浮かべて言う。

「お二人には色々とご迷惑をおかけしましたからね。ここでぜひ仲直りといいますか、今この時から良い関係を築いていきたいと思うんですよ」

「そう言っていただけるのはありがたいですが、裏で良からぬことを平気でやっている方と良い関係を築くのは難しいと思いますので、遠慮させていただきます」

ギル様が笑顔でお断りすると、学園長は顔を真っ赤にした。でもすぐに、何事もなかったかのようにまたわざとらしく作り笑顔を見せる。

「どうやら誤解があるようです。少しずつになるかもしれませんが、信頼回復できるように努力しますので、よろしくお願いいたしますよ」

学園長はそう言うと、くるりと踵を返し、他の客に話しかけに行ってしまった。

私が大きく息を吐くと、様子を見守っていたお父様が近付いてきて、私の顔を覗き込んでくる。

「大丈夫かい？　疲れただろう？」

「……大丈夫です。あ、それよりもお父様、プリシラ様が」

「プリシラがどうしたんだ？」

先程の話をすると、お父様は難しい顔をして言う。

「そうか。ということは、今すぐ彼女と離婚しても良いということになるんだろうが、今は知らないふりをしなくちゃいけないよな。とにかく、プリシラを迎えに行って今日は帰ることにするよ。アリカたちも今日は疲れただろうから帰ったほうが良いだろう」

「……わかりました」

頷くと、ギル様が申し訳なさそうな顔で私にお願いしてくる。

「今日のところはこのまま帰るが、アリカやルージー伯爵に協力してほしいことができた」

「何でしょう？」

私とお父様が声を揃えて尋ねると、ギル様は苦笑する。

「話せば長くなるし、こんな所では話せないことなんだ。アリカには帰りの馬車で話そう。ルージー伯爵には、また明日連絡させてもらいます」

「わかりました」

ギル様の言葉に頷いたお父様は、プリシラ様がいるはずの中庭とは別の方向に歩き出した。彼女がいる場所はわかっているが、一番にその場所に捜しに行っても怪しまれると思ったのかもしれない。

その背中を見送ってから、私とギル様は帰途につくことにした。

＊＊＊＊＊

次の日、お父様にプリシラ様の様子を聞くと、ロザンヌに必要以上に媚びるようになったと教えてくれた。ロザンヌから、学園長に復縁をお願いしてもらうつもりなのかもしれない。私がそうだと思うくらいだから、そんな考えを学園長が気付かないわけはないだろう。

離婚を恐れてなのか、プリシラ様はお父様に対する態度も改めたそうだ。プリシラ様は藁《わら》にもすがる思いなのかもしれない。

ロザンヌは、プリシラ様が今まで以上に自分を優先してくれることを喜んでいるようだった。おかげで、ロザンヌのお父様に対する態度も柔らかくなったらしい。

そして今朝、お父様のもとに学園長から書状が届いた。プリシラ様を捨てて、ロザンヌだけを可愛がるようにと書かれていたらしい。

プリシラ様のこれまでの行いは良くなかったから、反省するために少しは痛い目に遭っても良いと思う。そしてそれは、学園長に対しても同じ思いだった。

ギル様はいつまでも危険分子を野放しにしたくないと言って、手を打つことにした。

私が思っていた以上に学園長に恨みを持つ人はたくさんいた。

プリシラ様の件でよくわかったつもりだったけれど、色々な人から話を聞くと、プリシラ様への扱いはまだまだ可愛いものだった。彼は人を使い捨てることに罪悪感を覚えない人のようだ。

ギル様は学園長に深い恨みを持つ高位貴族を探し出し、協力を求めた。多くの人が協力してくれることになり、その中には学園長にとって一番関与してほしくないであろう人物もいた。

学園長の化けの皮をはがす計画を立てたものの、本人はかなり警戒しているようで、しばらくは目立った動きを見せなかった。


事が起きたのはそれからおよそひと月半後、今学年最後の試験期間に入った時だった。

二日目の三時限目の試験の時だった。

試験中の教室は、小さなため息やペンを走らせる音、教室内を歩く先生の足音くらいしか聞こえない。

ふと視線を感じて顔を上げると、大柄で目つきが悪い、ロザンヌを気に入っていた先生と目が合った。先生がすぐに視線を逸らしたので、私も試験用紙に目を戻す。

この先生はロザンヌと特に関係があったわけではなかったので、処分対象になっていなかった。

嫌な予感がする。そう思った瞬間、先生が丸まった紙を私の足下に落とした。

ペンを走らせていた手を止め、顔を上げて先生を見つめる。再び私と目が合った先生は立ち止まり、意を決したような顔をして声を掛けた。

「今、これを落としただろう？　これは何だ？」

「私は何も落としていません。先生が落としたんです」

「嘘をつくな」

先生は冷淡な口調でそう言うと、紙を拾い上げた。紙を広げて目を通したあと、また私に視線を戻して口を開く。

「廊下に出なさい」

静かだった教室が一気に騒がしくなった。

「どうしてですか？」

「いいから。大人しく従いなさい。他の生徒の試験の邪魔になるだろう」

「先生、アリカがどうしたんですか？」

友人の一人が助けようとしてくれたけれど無駄だった。先生は友人を睨《にら》む。

「お前たちは静かに試験を受けなさい。あまり騒ぐようなら退出させるぞ」

友人を面倒事に巻き込むことは避けたかった。だから、立ち上がって微笑む。

「私は大丈夫。何もしていないから」

心配そうにしている友人たちの視線を背中に感じつつ、私は先生と一緒に廊下に出た。

「私が何をしたと言うんですか？」

「自分が一番わかっているだろう」

「わからないから聞いているんです」

先生は手に持っている白い紙を私に差し出した。無言で受け取って紙を見ると、試験問題や解答が細かく書かれていた。

これは明らかに私の字じゃない。この先生は、どうしてこんなことをするの？　先生たちにはギル様が対処してくれたはずなのに、どうして？

「不思議そうな顔をしているな。レンウィルが解決したはずなのにってところか？」

先生は意地の悪い笑みを浮かべて、私を促す。

「説明してあげるから一緒に来なさい。カンニングをしたから、君は今回の試験を受けられない。前回の試験も君がカンニングしていたと周りの人間は思うだろう」

「そんなことはありません。少なくとも、私の友人は信じてくれるはずです」

「少人数が信じたくらいじゃ意味がない」

先生は憎悪を込めた目で私を見て言う。

「よくもロザンヌ嬢を転校させたな」

「……先生は、学園長と関わりがあるんですか？」

「そんな質問に答えてやる必要はない」

「学園長と関わりがなければ、先生を守る人はいませんよ」

「えらく強気だな。婚約者に助けてもらえると思っているからか？　今回は証拠があるんだ。逃げられないぞ」

「証拠って、この紙のことを言っているんですか？」

「ああ、そうだ」

先生は思い出したかのように、私の手から紙を奪い取って続ける。

「アリカ・ルージー、これで君はもう終わりだ。君の文字で書かれた紙が試験中の教室で見つかったとわかれば」

「それは私の字ではありません」

「……なんだって？」

先生は立ち止まり、目を大きく見開いた。

「ですから、それは私の字ではありません。筆跡鑑定ができる人に見てもらえば証明できるはずです」

「いや、そんな、まさか」

「その紙はどうやって手に入れたんですか？　誰に渡されたかは知りませんが、この紙に書かれている字が本当に私が書いたものか確かめることもなく、私の文字だと信じたんですか？」

試験中なので廊下には誰もいない。歩きながら話をしているから、教室からはだいぶ離れてしまった。

職員室に続く渡り廊下の途中で、私がそう尋ねた時だった。

「全部、学園長から聞いたぞ！　悪いのはお前だ！　それなのに！」

逆上した先生が、私に掴みかかってこようとした。

「アリカに近付くな！」

ギル様の声が聞こえて、先生の動きが止まった。大柄な先生の体越しに、ギル様がこちらに向かって走ってくるのが見えた。

ルード様が私に付けた護衛がギル様に連絡してくれたのね。

殺されるのかと思うくらいの恐怖を感じたから、ギル様の顔を見てホッとしてしまい、涙が出そうになった。

「教師だからって容赦はしないぞ。何をしようとしたか正直に話せ！」

ギル様は先生から庇《かば》うように私の前に立って怒鳴った。

「ど、どうして、ここにレンウィル公爵がいるんだ？」

「それはこっちのセリフだ。どうして先生がこの時間にこんな所にいるんだ？　今は試験時間中だぞ」

「そ、それを言ったらレンウィルもそうだろう！」

学園内では爵位は関係なく、立場は先生が上だということを思い出したのか、先生は強気に叫んだ。

この先生は確か男爵家に婿入りした人だったはず。地位のある人がどうしてこんな馬鹿な真似をしたのかしら。しかも、ロザンヌのために。考えられるとしたら――

「もしかして先生もロザンヌと特別な関係だったんですか？」

「そ、そんなことは今はどうだって良いだろ！」

「どうだって良いことではありません！　私は何もしていないのに、ここまで連れ出されて試験を一科目受けられていないんですよ⁉　ギル様だってそうです。生徒が試験を受けるのを妨げたなんて、どうなるかわかっているんですか⁉」

「そ、それは……」

私が言い返すだなんて思ってもいなかったのか、先生は後退りした。ギル様も少し驚いた顔をして私を見ている。

だって、腹が立つんだもの。私のせいでギル様が試験を受けられなくなってしまったんだもの。首位を取るためにいつも頑張って勉強していることを知っているから、余計に悔しかった。

「アリカ、俺のことで怒ってくれてありがとう。だけど、心配しなくていい。追試を受けさせてもらえるように話をしてから出てきた。事情が事情だから、俺だけじゃなく君も追試を受けられるはずだ」

「……そ、そうなんですか？」

「試験問題は変わるだろうけどな」

ギル様が優しく頭を撫でてくれた。

「それなら良かったです」

私が笑顔を見せると、ギル様は優しく微笑んだ。でも、すぐに表情を険しくして先生に向き直る。

「生徒のカンニングを工作する教師だなんて信じられないな。このことは学園長ではなく、教育委員会に話をさせてもらう」

「ま、待ってくれ！　そんなことをされたら俺は家にいられなくなってしまう！　それに、俺は頼まれただけで！」

「頼まれたからって教師が生徒を罠にはめるのか？　そんな奴は教師失格だ」

「これは、学園長に言われたんだ！　正義のためにしろって！」

試験中は周りが静かなだけに、先生の大きな声が余計に響く。

「私情を挟んだことは確かだが、俺は正義のために戦おうとしただけなんだ！」

「正義のためとはどういうことだ？」

「そのままの意味だ！　言っておくが、俺とロザンヌ嬢は深い関係にはなっていない！　ただ、その、俺が、一方的に好意を持っていただけなんだ」

先生の言葉は尻すぼみになっていった。

教師が生徒に好意を持っていたということだけでも問題視されそうなのに、この先生は既婚者だ。それに婿に入った人なんだから、バレたら離婚されて平民に戻ることになるだろう。当然、問題を起こしたんだから職も失う。

ふとギル様が眉根を寄せた。どうしたのか聞こうとした時だった。

「これはこれは。教師と生徒が渡り廊下で言い合っていると聞いて来てみたら、レンウィル公爵でしたか」

肩をすくめる動作をして先生の背後から現れたのは、学園長だった。

「どうも、学園長。トラブルに学園長自らがお出ましですか」

ギル様が嫌みっぽく答えると、学園長はにこりと微笑む。

「今はほとんどの教師が試験で出払っているので、私くらいしか暇な人間はいないいんだよ」

「……そうですか」

ギル様は苦笑して、先生に尋ねる。

「先生は学園長に言われて、アリカがカンニングしたように見せかけたんですよね？」

「そ、そうだよ！　だから、俺は何もっ」

先生は保身に回ったようだった。

学園長が助けてくれなくても、ギル様が助けてくれると思ったのかもしれない。

一度、裏切った人をギル様が簡単に許すとは思えないけれど、そのことを先生にわざわざ教えてあげる必要もない。

「何を言っているんだ？　カンニングをしたように見せかけた？　この先生がかい？」

学園長は驚いた顔をして私と先生を交互に見る。でも、学園長以上に先生は驚いた顔で叫んだ。

「この紙は学園長がくれたんじゃないですか！　これでルージーを陥《おとし》れろと言って！」

「うーん、知らないなぁ」

学園長は自分は何も知らないと首を傾げた。

「そ、そんな！」

先生が情けない声を上げたその時、ギル様が先生の耳元で何か囁いた。

「……た、助けてもらえるのか？」

「処分はするが理由を別のものにしてやる」

ギル様が先生に何を言ったのかわからない。先生は何度も頷くと、ギル様に訴える。

「正直に話せと言われたから話すが、俺はロザンヌ嬢と関係を持っていた！　しかも何度もな！」

衝撃的な発言だった。

すると、学園長が先生の胸ぐらを掴んで叫んだ。

「何だと⁉　どういうことだ！　ロザンヌと関係を持っただと⁉」

学園長が取り乱す様子を見て、ギル様が口元に笑みを浮かべた。

もしかして、学園長を激昂させるために嘘をつかせたのかしら。

「どういうことなんだ！　黙ってないで何か言え！」

「ど、どうしてっ、学園長がっ、そんなに怒っているんですか⁉」

先生は震えながら、学園長に問いかけた。

教師が生徒に手を出したなんて話を聞けば、怒ることはおかしくない。でも、ここまで過剰反応しているということに驚いているみたいだった。

「学園長とロザンヌ嬢はどんな関係なんですか⁉」

先生に尋ねられた学園長は、怒りで顔を真っ赤にして叫ぶ。

「お前に教えてやる筋合いはない！　このケダモノめが！」

「ひっ、ひいっ！　助けてください！」

「うるさい！」

学園長は頭に血が上っているのか、先生を殴ろうとした。そんな学園長に向かってギル様が冷静に言う。

「やめたほうが良いですよ、学園長」

「うるさい！　馬鹿にしやがって！」

学園長は怒りの矛先をギル様に変えた。

「お前が大人しくロザンヌを選ばなかったからいけないんだ！」

「俺にだって選ぶ権利はありますよ」

「何だと！　さっきから何なんだ、その落ち着いた態度は！　少しは動揺してみろ！　そこの女を傷付ければ、さすがの公爵閣下でも動揺するのか⁉」

学園長は完全に我を忘れてしまっているようだった。ギル様はそんな学園長に冷静に言葉を返す。

「表情に出さないように躾《しつ》けられただけですよ。それはあなたも一緒でしょう？　年のせいか感情のコントロールが難しくなっているようですが」

「私を年寄り扱いするな！」

「学園長、まだわかっていないようですから忠告しておきますが、アリカに何かしようとするなら、相手があなたでも容赦はしませんよ。危害を加えられる前に、あなたを潰します」

「できるものならやってみろ！　できないから、あのパーティーのあとに私を潰せなかったんだろうが！」

「何のことでしょうか？」

ギル様はもちろんわかっているのだろうが、あえて学園長に尋ねた。すると、学園長は怯えきっている先生を睨《にら》みつけて言う。

「お前との話はあとだ！　今はどこかへ行っていろ！」

「は、は、はいぃ！」

先生は情けない声を上げて、私のクラスに向かって走って行った。

ギル様が学園長に見られないようにポケットの中から何かを取り出し、すぐにポケットに戻したかと思うと、私の耳元で囁く。

「俺の後ろにいてくれないか」

何も言わずに一歩下がると、私の前にギル様が立った。

学園長は怒りの表情を浮かべたまま言う。

「絶対に痛い目に遭わせてやる」

「それは無理ですね」

「うるさい！　特にルージー伯爵令嬢！　お前は退学だけで済むと思うなよ！　あの時は無理だったが、今度こそ絶対にお前を辱《はずかし》めてみせるからな！」

私を指さして言う学園長に、勇気を出して尋ねてみる。

「何のためにですか？」

「ロザンヌのために決まっているだろう！　お前がいなければ、私はこんなに感情を荒立たせずに済んだのに！」

学園長は興奮していて気付いていないけど、校舎のほうが騒がしく思えた。

その時、ギル様がポケットから再び何かを取り出し、後ろ手で見せてくれた。それは懐中時計で、時計の針は試験が終わる時間を過ぎていた。ギル様が何をしようとしているのか気付いた私は、話を長引かせることにする。

「どういうことですか？　私が暴漢に襲われそうになった事件に学園長が関わっていたんですか？」

「ああそうだ！　ロザンヌがお前にいじめられていると言っていたから、痛い目に遭わせてやろうと思った！　あの時はロザンヌに頼まれてドレスを破るだけの指示だったが、次は違うからな！　覚えておけよ！」

「何をするおつもりですか？」

「とぼけるな！　他の男に自分の婚約者の初めてを奪われたら、レンウィル公爵はどんな顔をするんだろうな！」

何がおかしいのか、学園長が大声で笑った時だった。

「その発言はあなたの本心ですか？」

ギル様が静かに尋ねた。すると学園長は笑顔を消し、侮蔑《ぶべつ》の表情を浮かべてギル様を見た。

「当たり前だろう。今更、怖気《おじけ》付いたのか？　謝られても許すことはないけどな」

「本心で間違いないということですね」

「何度言わせたら気が済むんだ。ロザンヌの望み通りにならなかったお前たちを破滅させてやると言っているんだ！」

「そうですか」

ギル様は頷くと、私を振り返って笑顔を見せる。

「これで終わったな」

「……はい」

ギル様の言っている意味がわかった私は、笑みを返して頷いた。

「終わった⁉　何が終わったって言うんだ⁉」

「もう言い逃れはできませんよ？　こんなに証人がいるんですから」

「こんなに？　たった二人じゃないか！」

「いいえ、もっといますよ」

ギル様が左右に首を動かすと、学園長はゆっくりと視線を横に向けた。

各教室からぞろぞろと人が現れ、その中には私の友人やクラスメイトもいた。

「ど、どうしてだ！　チャイムはまだ鳴っていないだろう！」

「チャイムが鳴らないようにしてもらったんですよ。職員室に残っていた先生に協力してもらって、全教室に報告してもらいました。先生を問いただす時のためだったのですが、まさかあなたが騙されるとは。協力してもらった人には、あとでお礼を言わないといけませんね」

「そ、そんな、くそっ！　いつから聞いていたんだ！」

人だかりには先生たちも数人いて、そのうちの一人が答える。

「ルージーが学園長に、暴漢の事件について尋ねた所からです」

その言葉を聞いた瞬間、学園長の顔色が赤から青に変わった。

＊＊＊＊＊

多くの証人がいて言い逃れができなくなった学園長は、生徒たちを押し退けて逃げるように去って行った。

今までの学園長なら各方面に根回しして、お咎《とが》めなしで終わらせたはずだけど、今回は違っていた。

二日後。休日の朝に、コミン侯爵家に突然の来客があった。来客の相手は私とギル様に会わせろと言ってきた。

来るだろうと予想していたこともあって、ルード様は身体検査をしたあとに、その人物を屋敷に招き入れ、ギル様が来るまでは応接室で待たせることにした。

ギル様と合流すると、私たちは段取りを組んだ。

まずは私とギル様だけで相手をし、急いでこちらに向かって来てもらっている人が到着したら、ルード様がその方と一緒に加わってくれることになった。

「それまではわたくしも一緒に入りますわ！　人数が多いほうが良いでしょうし、お父様や騎士よりも女性のわたくしのほうが油断するでしょう」

「ありがとうございます。ユナ様」

ユナ様は私の手を握ってそう言ってくれた。私はお言葉に甘えることにして、お礼を言う。

「俺に用事があるとのことですが、どうして、俺の家に来てくれなかったんですかね」

ギル様が先に応接室に入り、私たちを通すために扉を開けたままの状態で言うと、待ちくたびれていた学園長は顔を歪めて叫んだ。

「いつまで待たせるんだ！　まずは詫びるのが筋だろう！」

「ここは俺の家ではありません。俺の家に来てくれれば待たせることはなかったのに」

「お前の家に行っても門番に帰れと言われるだけだろう！」

「いいえ。あなたが来るかもしれないということは門番に伝えていますから、中に通したでしょう」

「う、うるさい！　いいからとっとと中に入れ！」

学園長は顔を真っ赤にして叫ぶ。

ギル様が後ろに控えていた私たちを通してくれたので、学園長の向かい側のソファに三人で並んで座る。二日ぶりに見た学園長は、一気に老けて見えた。学園長の身なりはいつも綺麗だったが、今の姿は貴族というよりは浮浪者のように見える。

「どうかされたんですか。疲れていらっしゃるようですね」

ギル様のことだから、学園長の身に何が起きているかはわかっているはずだ。だけど知らないふりをして尋ねると、学園長は私たちとの間にある、ローテーブルに拳を落として叫ぶ。

「わかっているくせに白々しいことを言うな！　お前が全部やったんだろう!?」

「何のことを言っているのかわかりませんね」

ギル様がとぼけてみせると、学園長は話し始める。

「屋敷の人間が私の世話をしないんだ！　しかも、私に媚びへつらっていた貴族も私に会おうとしない！」

「自業自得ですわね」

ユナ様が呆れた顔で言うと、学園長が彼女を睨《にら》む。

「おい！　お前を呼んだ覚えはないぞ！」

「ここはわたくしのお父様の屋敷の一室ですわよ。娘のわたくしがいても問題ないでしょう」

「馬鹿にしやがって！」

ギル様は呆れ顔で学園長を見て口を開く。

「そんなことより、どうして俺とアリカを呼んだんですか？　使用人が言うことを聞かないのは俺たちの責任ではありません。嫌なら解雇して新しい人間を雇ってはどうです？　それから、周りの貴族が会う会わないは個人の判断でしょう」

「使用人の解雇の権限は妻にあるんだ！　妻は今、病気で動けないからどうしようもないんだ！」

「奥様に権限があるというのは、俺の知ったことではありません。でも、あなたは当主なのでしょう。好きなようにすれば良いのでは？」

「そ、それは、その、お前に関係ないだろう！　それよりも、一体何をしたんだ！」

学園長が何を言おうとしているのかがさっぱりわからない。思わずギル様を見ると、視線に気が付いたギル様が微笑む。

「アリカは心配しなくていい。お客様が来てくれればすぐに終わる」

「わかりました」

「お前も覚えていろよ！　被害者面しやがって！」

私が怯えているように見えたのか、学園長がさらに言葉を強めた時、扉が叩かれた。

「何だ、勝手に入って来るな！」

学園長は立ち上がって怒鳴った。でも、入ってきた相手が誰だかわかると、大きく目を見開いて、ソファに崩れるように座る。

学園長の視線の先にいたのは、病気だと言われていた学園長の奥様だった。

本調子ではないのか、奥様の顔色は良くない。でも、力強い歩みで学園長のもとにやって来ると、呆気にとられている学園長を見下ろし、美しい顔を歪めて言った。

「手続きは終わりましたわよ」

「……は？　何を言っているんだ。どうしてお前がここにいるんだ？」

「それはこちらのセリフですわ。どうして、あなたがコミン侯爵邸にいらっしゃるんです？　コミン侯爵から話を聞きましたら、レンウィル公爵とルージー伯爵令嬢に会わせろと、門の前で恥ずかしげもなく叫んでいたそうですわね」

「い、いや、その。そ、それよりも使用人をどうにかしてくれないか!?　私の世話を全くしないんだ！」

「あなたの世話なんてする必要はありませんから、使用人には世話をしないようにと伝えていたのです」

「ど、どういうことだ!?」

「旦那様、いえ、元旦那様」

「も、元だと?」

奥様は冷たい声で、その問いに答える。

「あなたはお忘れかもしれませんが、結婚する前に誓約書を交わしましたよね」

「せ、誓約書? ……ま、まさか!」

「そうですわ。あなたは浮気が趣味のようでしたから、私があなたとの生活に我慢できなくなった時のことを考えて、あらかじめ離婚届を用意させていただいていましたよね」

クスクスと笑いながら、奥様は顔面蒼白の学園長を見つめて話を続ける。

「離婚届にはすでにあなたに署名してもらっていたので、私の名前を記入し、役所に提出させていただきました。それから、もう一つ署名した誓約書の内容は覚えていらっしゃる?」

「……そ、そんな」

心当たりがあるのか、学園長の顔は絶望に満ちている。そんな彼に、奥様は言う。

「離婚時には、慰謝料として全財産を私に譲り、爵位を剥奪するという約束です。今のあなたは一文無しの可哀想な方です。それから、私のことは原因不明の病気だと周りには言っていたようですけれど、あなたが私に毒を盛った証拠も掴めました。さあ、どうなるのでしょうね。警察に捕まって罰を受けるか、平民になって野垂れ死ぬか、あなたはどちらを選ぶのかしら」

「わ、私はそんなことはしていない！」

学園長は大声で叫ぶと、奥様に掴みかかろうとした。でも、部屋に入ってきたルード様や兵士に押さえつけられ、抵抗を諦めて大粒の涙を流した。

＊＊＊＊＊

その後、学園長は警察に連れて行かれ、まずは元奥様への罪に問われた。最初は犯行を否認していた学園長だったが、彼に恨みを持つたくさんの貴族の協力のおかげで、毒の入手経路や実行を指示されたという使用人の証言などが集まり、罪を認めざるをえなくなった。

学園長の性格を考えると平民として生きていけるわけがないし、何の力もない彼を他の貴族が助けるとも思えない。だから、罪を認めたほうが楽だと思ったのかもしれない。

でも、学園長が選んだ道は、平民として生きる道よりも辛いものになると思う。なぜなら、学園長の罪は元奥様への殺人未遂だけでなく、過去を遡《さかのぼ》っていけばもっとたくさんあったのだ。

処刑かと思われたけれど、ここ最近、国内で処刑の反対論者が増えていることもあり、学園長は極寒の地、もしくは灼熱の地での強制労働が科せられるのではないかとのことだった。

学園長が捕まったことを知ったプリシラ様は、その前に彼に捨てられていたからかそこまで取り乱すことはなく、ただ涙を流すだけだった、とお父様が教えてくれた。

新しい学年になる前の長期休みに入り、私は久しぶりに実家に戻っていた。

学園長が捕まって少ししてから、プリシラ様とお父様の離婚が成立した。といっても、まだロザンヌたちはこの屋敷に滞在している。

さすがにお父様も今すぐに出て行けとは言いにくかったみたいで、新しい家が見つかるまではここに住まわせてあげるんだそうだ。

このまま居座りそうな気がするから、追い出したほうが良いんじゃないかとも思ったけど、ロザンヌが転校先の学園を卒業すれば出て行くわよね。というか、そうしてもらわないと、私は卒業してもこの家に戻って来ることができなくなる。いや、できないわけではないけれど、やっぱりロザンヌたちに毎日は会いたくないのよね。

それなのにどうして私が今、実家にいるのかというと、ロザンヌが私と話をしたいと言ったからだ。まだ、私のことを憎んでいるかもしれないので二人きりで会うわけにはいかず、お父様も同席してもらって話をすることになった。

久しぶりに見たロザンヌは、かなり痩せていた。プリシラ様と幸せに暮らしているのかと思ったら、転校先でいじめられているらしく、新しい生活は順調というわけではないみたいだった。

「許してもらえるだなんて思っていないわ。ただ謝りたいだけなの。酷いことをして、本当にごめんなさい」

対面のソファに座っていたロザンヌは立ち上がって頭を下げた。

「……許さなくてもいいのよね？」

「……ええ。悪いことをしたから謝らないといけないと思って、機会をもらっただけ」

「そう」

今までの私なら大人にならなきゃと思って、ロザンヌを許していたかもしれない。だって、彼女がこんな風に謝るだなんて、今までになかったことだわ。

だけど、許さなくてもいいわよね。あれだけ嫌なことをされたんだもの。いつか許せる日が来るかもしれないけれど、今はまだその時じゃない。

我慢するだけの日々はもう終わりにすると決めたんだから、これからの私は自分の気持ちに正直に生きる。

「謝罪は受け入れるけど、今のところ許す気はないわ。もし、私に対する罪悪感が生まれていて、許してもらうことで楽になろうとしているのなら、冷たい言い方をするけど、もっと苦しんでちょうだい。私が味わった辛い思いはそう簡単に消えるものじゃないから」

「――わかったわ」

ロザンヌはもう一度頭を下げると、それ以上は何も言わずに部屋を出て行った。

「冷たい対応でしたか？」

ずっと黙って聞いてくれていたお父様に尋ねる。

「いや、そうは思わないよ。謝ればいいってものじゃないからね。本当にロザンヌが自分が悪いことをしたと思っているなら、これくらいで許されるはずがないとわかっているはずだから」

「そうですよね」

一度プリシラ様に突き放されたことで、傷付けられる人間の気持ちが少しでもわかったのなら、彼女はもっと成長できるはずだわ。

もう妹でも何でもないけれど、彼女が前を向いてまっすぐに生きていくというのなら、いつか彼女を許せる日は来る。そう思った。

## エピローグ

お父様と一緒に応接室を出ると、なぜか部屋の前にギル様が立っていた。

驚いてお父様を見ると、苦笑して言う。

「ギルバート様が来たいとおっしゃったんです」

「そうだったんですね。でも、どうして私に言ってくれなかったんですか？」

「すまない。何だか言い出しにくくて。君なら大丈夫だと思ったんだが、心配になって来てしまった」

責めるような口調でお父様に言ったからか、ギル様は焦った顔で謝ってきた。私は笑顔で首を横に振る。

「謝らないでください！　心配していただきありがとうございます」

「立ち話もなんだから応接室を使いなさい。ギルバート様、今、お茶を用意させますので」

「おかまいなく。場所だけ借ります」

お父様に背中を押され、私が応接室に入ると、ギル様もお父様に一礼して中に入ってきた。

「……俺が来たことで嫌な気分になったか？」

恐る恐るといった感じで聞いてきたギル様に微笑む。

「いいえ。嫌な気分になるはずがないじゃないですか」

「なら、いいんだが」

ソファに並んで腰掛けると、ギル様に聞かれてもいないのに話し始める。

「ロザンヌがこれまでのことを謝ってくれたんですけど、私は許していないんです。これからのロザンヌがどう生きていくかが大事だと思ったから。また、人をいじめるのであれば、私が許すことはないでしょうし、次はきっともっと痛い目に遭うと思います」

「そうだな」

ギル様は頷いたあと、なぜか照れくさそうに聞いてくる。

「これから用事はあるのか？」

「お父様とゆっくり話をしようかと思っています」

「……そうか、そうだよな」

ここ最近、休みの日はギル様とばかりいたので、今日はお父様と過ごそうと思っていた。でも、目の前であからさまにしゅんとするギル様が可愛くて負けてしまう。

「お父様との話は夕食の時に変更します。ギル様、よろしければ昼食とティータイムをご一緒していただけませんか」

「いや、君のお父上だって楽しみにしているだろう？　俺は約束も何もしてなかったし」

「では、昼食だけでどうですか？　お茶と夕食はお父様としますので」

「それは、その、そうだな」

ギル様は真剣な表情で考えている。

今までなら間髪容れずに「申し訳ないから」と断っていたことを思うと、つい笑みがこぼれてしまった。すると、私の笑みに気が付いたギル様が拗ねた顔をする。

「笑わなくてもいいだろう」

「だって、ギル様はいつも大人で素敵なのに、こういう時は子供になるんだなぁと思いまして」

「子供で悪かったな」

「私たちはまだ大人ではありませんから、良いんじゃないですか？」

「何がだ？」

「子供のままで良いと思います。ですから、一緒に昼食に行きましょう！　お父様に伝えてきますね」

立ち上がると、ギル様が私の腕を掴んで止める。

「いや、まだ決めたわけじゃ」

「私がギル様とご一緒したいんです。駄目ですか？」

「駄目じゃない！」

「なら良いですよね」

笑顔で言うと、ギル様は表情を緩めて頷く。

「じゃあ、俺も一緒にお願いする」

「……ありがとうございます」

ギル様と一緒に応接室を出る。すると、なぜか廊下にトマス殿下が立っていた。

「えっ⁉」

予想外の人物の登場に、ギル様も大きな声を上げた。

「やあ。ちょうど視察でギルバートの家の近くに行ったから寄ってみたら、ここにいるって聞いたんで来てみたんだけど。迷惑だったかな」

「わざわざ、ここまで出向いてくださったのですか⁉」

「うん。だって助けるって言っていたのに、僕はあまり役に立たなかったからさ。で、お詫びに美味しいスイーツの店に行かない？　僕は甘いものが大好きなんだけど、なかなか行く機会がなくてさ」

トマス殿下が笑顔で教えてくれた店名は、一年先まで予約が埋まっているという人気のお店だった。

行きたい。でも、ギル様と出かけるつもりだったのだから、スイーツに負けるわけにはいかない！　心の中で葛藤していると、ギル様が微笑む。

「ぜひご一緒させてください」

「良かった！　……って、あ、もしかして、お邪魔だったかな？」

「いいえ」

私とギル様は即答して顔を見合わせる。

「あ、やっぱりお邪魔だったんじゃないか！　ごめん！　今の話は忘れて！」

「無理ですよ、殿下。アリカはすでにスイーツに心を奪われていますから」

「そんなことないです、ギル様！　私はトマス殿下のお誘いだから行くのであってですね！」

「そうだ。そうだよな」

ギル様は私の手を取り、優しく握った。笑顔で握り返すと、トマス殿下が羨ましそうな顔をして叫ぶ。

「いいなぁ！　僕も可愛い恋人が欲しい！」

「殿下ならすぐにできますよ」

「私もそう思います」

私とギル様は手を繋いだまま歩き出した。

# 我慢しなくなって迎える誕生日の前日

ロザンヌたちとの一件が落ち着き、それからは何事もなく日々は過ぎていった。

学年も変わり、新しいクラスに慣れてきたある日、ユナ様から「今日はちょっと変わったカフェに行きましょう」と誘われた。

「変わったカフェですか？」

「そうですわ」

ユナ様は頷いてから、そのお店がどんなカフェなのか教えてくれた。そこは動物と触れ合えるカフェで、平民では手が出しにくい高価なうさぎなどの小動物がいるという。

私もユナ様も平民ではないので小動物が飼えないわけではない。でも、私は今まで動物を飼ったことはなかった。ユナ様はどうなのだろうか。今までコミン侯爵邸でペットを見たことがなかったので、私は尋ねてみる。

「コミン侯爵家では動物を家族に迎えることはないのですか」

カフェに向かう馬車の中で聞いてみると、ユナ様は苦笑する。

「お迎えしたい気持ちはあるのですけど、死んでしまったら悲しいでしょう。それに、動物の毛が服につくことをメイドたちは良く思わないと思うの」

「家にいる時はまだしも、パーティーに出かけるドレスに毛がついていたら、管理を怠っていると思われますものね」

「人間の髪が抜けるように動物も毛が抜けますから、動物が悪いわけではありませんし、メイドたちも文句を言うわけにはいかないでしょう」

他愛のない話をしていると、目的地に着いた。

このカフェは時間制で小動物と触れ合えるようになっている。予約時間よりも少し早かったようで、まだ先客が店に残っていた。ユナ様と待合室で待とうという話をしていると、ちょうど先客が小動物のいる部屋から出てきた。

それが誰だかわかった瞬間、私たちは驚きの声を上げた。

「あれ、次の予約は君たちなのかな」

現れたのは、トマス殿下と護衛たちだった。

「トマス殿下にお会いできて光栄ですわ」

ユナ様がカーテシーをしたので、慌てて私もそれに倣うと、トマス殿下の笑う声が聞こえてくる。

「そんなに畏まらなくていいよ。ここは癒やされるための場所だしね」

トマス殿下は笑顔のままそう言った。確かに、トマス殿下もいつもよりかなりくつろいでいるように見える。

お仕事には見えないし、プライベートで訪れているのかしら。お言葉に甘えて、聞いてみることにする。

「トマス殿下は動物がお好きなのですか？」

「うん。好きだけど、飼うのは難しいんだ。僕は公務で各地を飛び回っているから、そのたびにペットを置いていくことになる。動物はどうして僕が出ていくのかわからないだろうし、帰りを待たせてしまうのも可哀想だろう」

「確かにそうですわね。使用人が面倒を見てくれるとは思いますが、あまりにも頻繁だと誰が飼い主かわからなくなる可能性がありますものね」

「だろう？　いくら理由があるとはいえ、そうなったらショックじゃないか」

ユナ様の言葉にトマス殿下は頷いたあと、苦笑して続ける。

「それに死んでしまうと悲しいしね。こういう場所では元気な動物にしか会わないから良いんだ。ここのオーナーは動物たちを愛しているし、無茶なことはさせないからね」

「私たちが癒やされるからといって、動物たちのストレスになることはやってはいけませんものね」

神妙な面持ちで頷くと、トマス殿下は小首を傾げる。

「今日はギルバートは一緒じゃないの？」

「はい。お忙しそうにしておられますし、たまには女性だけで出かけるのも良いかと思いまして」

ユナ様が頷くと、トマス殿下も納得したように頷く。

「ということは、今日、ここに来たのはユナ嬢からアリカ嬢へのプレゼントってやつかな。確かアリカ嬢の誕生日はそろそろだろう」

「いえ、今日はたまたまユナ様が誘ってくださったのです。どうして殿下は私の誕生日をご存じなのですか？」

尋ねると、トマス殿下はしまった、と言わんばかりの顔をして、ユナ様を見た。

「す、すまない。内緒にしていたのか」

「気になさらないでくださいませ」

ユナ様はそう答えたものの、少しだけがっかりした様子を見せた。しかし、すぐに笑顔で私に説明する。

「この国では当日以外に誕生日を祝う場合、誕生日よりも前にしたほうが良いと言われているでしょう？　当日は色んな方がお祝いをされるでしょうから、少し早いですがわたくしは今日お祝いさせていただこうと思ったのです。誕生日プレゼントも用意していますが、それは当日にお渡ししますわね」

「ありがとうございます。お祝いしていただけるのは嬉しいですが、何度もしてもらうのは本当に申し訳ないです」

「今日はわたくしの個人的なもので、当日はコミン侯爵家の一員としてお祝いしますわ」

微笑んではいるけれど、有無を言わせないといった強い意志を感じた。こういう時のユナ様に逆らっても無駄だということはわかっているので、お言葉に甘えておく。

「では、よろしくお願いいたします」

深々と頭を下げたところで、トマス殿下が笑顔で尋ねてくる。

「アリカ嬢の誕生日はいつだったっけ」

「五日後です」

「そうか！　じゃあ、お祝いしないといけないね。僕も何か用意するよ」

「トマス殿下にお祝いしていただくなんて、恐れ多いです！　お気持ちだけで十分です」

「知った以上、何かしないといけないだろう。でも、誕生日パーティーはしないの？　もしかして、僕が呼ばれてないだけ？」

「滅相《めっそう》もないです！　父が開こうとしてくれたんですが、まだ人付き合いが苦手なので今年はなしにしてもらったんです」

慌てて否定すると、トマス殿下が安堵したような笑みを浮かべる。

「良かった。嫌われているのかと思ったよ。せっかく仲良くなれたんだし、友人として何か用意させてほしいな」

「……ありがとうございます。楽しみにしています」

あまり遠慮しすぎても失礼になる。断ってもトマス殿下は絶対に何か贈ってくるだろうから、ここは素直に気持ちを受け取ることに決めた。

「五日後だったら、学園が休みの日だよね。当日はギルバートとどこかに行くのかな」

「約束はしていますが、出かけるかどうかは決めていないですね。そういえば……」

私、ギル様に自分の誕生日を伝えた覚えがないわ。

「どうかしましたの？」

「ギル様は私の誕生日を知らないかもしれません」

「そ、そんなことがあるわけないですわ！」

「そうだよ。ギルバートが君の誕生日を知らないだなんてあるわけがない！」

二人は即座に否定したけれど、一応、ギル様に伝えておくようにと念を押されてしまった。

＊＊＊＊＊

次の日の昼休み、私はギル様といつもの場所で待ち合わせをして、次の休みの予定を聞いてみた。

「あの、ギル様、次の休みの約束なんですが、どう過ごすか決まっていますか？」

「いつもは屋敷でゆっくりしているが、次の休みは出かけようと思っているから、そのつもりでいてくれ」

「えっと、それはどうしてでしょうか」

「どうしてって、君の誕生日だろう」

ギル様は当然のように言った。誕生日の話をしたことはなかったと思うので、私は少しだけ驚いた。

「知っておられたんですね」

「婚約者の誕生日くらい、さすがに知っている」

「失礼いたしました。ギル様が婚約前に調べていないわけないですよね」

「婚約者になる以上、それくらい知っておくのが礼儀だろう」

ギル様はどこか不満げな顔をして言った。不快な思いをさせてしまったのだと気付いて、慌てて謝罪する。

「失礼なことを言ってしまい申し訳ございませんでした」

「そこまで畏まらなくてもいい。悪いと思うなら、そろそろ、他人行儀になるのをやめてくれないか」

「申し訳ございません」

いくら婚約者とはいえ、相手が公爵だということは忘れてはいけないと思っている。だから、いつまで経ってもギル様に遠慮する気持ちが消えない。

小さい頃からの幼馴染とかならまだしも、身分差がある相手と距離を縮めるのは難しい。

そう考える私の感覚は普通のことだと思うのよ。でも、ギル様はそこを踏み込んでほしいと思っているみたいなのよね。

「君は真面目すぎるところがあるよな」

「うう。申し訳ございません」

また謝ってしまった。でも、今はこの言葉しか思い浮かばない。

「まあいい。そこが君の良いところでもある」

ギル様は微笑むと、話題を変えた。

「誕生日当日はサプライズで祝っても良いかと思ったが、喜んでもらえないと意味がない。だから、行きたいところがあれば遠慮なく教えてくれ」

「特にありません」

一番面倒な答えを言ってしまったことに気付き、慌てて付け加える。

「美味しいケーキが食べたいです」

「わかった。一応、用意はするが、他の人とも食べるんじゃないのか？」

「健康には良くないかもしれませんが、ケーキなら何個でも食べられます！」

「健康に良くないとわかっていて食べさせるのもどうかと思うが、どうしてもそれが希望なら、特別なものを用意する」

複雑そうな顔をしているギル様に笑顔で頷く。

「誕生日くらいは、好きなものを好きなだけ食べても良いかなって思うんです。それに、生きている間にしたいことをしておかなくちゃ、できなくなってからではどうしようもないですから」

お父様が亡くなったお母様のことを話す時、私の成長していく姿を見たかっただろうなとよく口にする。早くに亡くなったお母様は、もっとやりたいことがあったと思う。でも、できなかった。

そのことを考えると、我慢ばかりするのは良くない。時には本能のままに、悔いがないように生きていきたい。そう思うようになった。

ギル様にはこのことをまだ伝えられていない。だけど、何となくわかってくれたのか、彼は笑って私の好きなケーキの種類を確認してくれたのだった。

＊＊＊＊＊

学年が変わっても、私はコミン侯爵邸にお世話になっていた。

その日の晩、ユナ様のお父様であるルード様が私の部屋にやって来て、急遽、私の誕生日パーティーが王城で開かれることになったと聞かされた。

「そ、そんな！　お断りすることはできないのですか？」

「トマス殿下が乗り気なんだ。もちろん殿下はアリカの性格を知っているから、招待客は多くない。会場も中庭だと言っていた」

中庭といっても、王城だもの。かなりの人が入れるに決まっている。そんな場所を私のために使うだなんて申し訳なさすぎる。

「断るほうが失礼に当たるから、素直にありがたく思っておきなさい」

「ギル様もルード様もパーティーには招待されているのですよね」

「ああ。私もギルバート様から聞いて知ったからな。帰宅したら招待状が届いていた」

そう言って、ルード様は封筒を手渡してきた。開けてみるとトマス殿下から私宛の手紙で、私の誕生日パーティーとは言わずに表向きはただのお茶会ということにしているから、私の友人も誘って良いと書かれていた。

次の日、友人たちに聞いてみたが、準備が間に合わないと断られてしまった。ホームパーティーのようなものならまだしも、登城するのなら、質の良いドレスが必要だからだ。

私もそんなに良いドレスは持っていないのだけど、誕生日プレゼントの一つとして、お父様が既製品のドレスを買ってくれることになった。

＊＊＊＊＊

王城でのパーティーは誕生日前日に開かれた。

ギル様と一緒に登城すると、侯爵家以上の高位貴族だけでなく王族の方々もいて、色んな方から祝ってもらえる喜びを噛み締められるような雰囲気ではなかった。

もちろん表向きはトマス殿下主催のお茶会なので、私が目立つことはない。だけど、めったにこんな場所には参加しないから緊張でガチガチになってしまう。そんな私を見かねたギル様がずっと隣にいてくれたので、少しすると落ち着いてきた。

私たちに近寄ってきた人が、ギル様に仕事の話をし始めたので、私は遠慮して場所を移動し、立食形式の料理を見ることにする。

ローストビーフやステーキが並んでいておいしそうだ。私の好きな食べ物ばかりだし、これが私への誕生日プレゼントかしらと思っていると、今日の主催者であるトマス殿下がやって来て、私に謝った。

「喜んでもらえると思って企画したんだけど、急なことだったから父上たちに怒られたよ。迷惑だったならごめん」

しゅんとしているトマス殿下を見て、心の中で迷惑だと思っていた自分を責めたくなった。トマス殿下は私を喜ばせたいと思ってくださっていたのよね。ここはありがたく思わないといけないわ。

「さすがに急だったので驚きはしましたが、お気持ちはとても嬉しいです。ありがとうございます」

また同じようなことをされても困るので、遠回しに伝えておくと、トマス殿下は頷く。

「気を遣わせてごめん。僕は王子だから迷惑だなんて言えないよね。本当に気を付けるよ」

「ありがとうございます。でも、本当にお気持ちは嬉しいんです」

「トマス殿下、お会いできて光栄です」

「やあ、ギルバート。僕も会えて嬉しいよ」

仕事の話をしていたはずのギル様が近寄ってきて、私の隣に立った。トマス殿下も笑顔で挨拶を返す。

「トマス殿下、あまり、アリカをいじめないでください」

「いじめてなんかいない……いや、嫌なことしたよね。本当にごめん！」

「とんでもないことでございます！　先程も申し上げましたが、お気持ちは本当に嬉しいんです！」

「殿下、申し訳ございません。冗談です。ですが、アリカのことを考えてくださるのなら、派手なものは控えてください。彼女は大人しい性格なんです」

「わかったよ」

さっきまではそうでもなかったのに、話を終えて戻ってきたギル様はどこか不機嫌そうに見える。トマス殿下も同じように感じたようで、不思議そうな顔に変わる。

「ギルバート、何だかいつもよりも怖くないか？　何かあったのかな」

「……申し訳ございません。トマス殿下に対してではございませんので」

ギル様が言葉を返した時、トマス殿下は国王陛下に呼ばれたため、この場を離れていった。

「あの、ギル様、本当に何かあったんですか？　さっきと様子が違うように見えます」

トマス殿下がわかるくらいなのだから、婚約者の私がギル様の変化に気付かないわけがない。

「何でもない。悪いのは俺だ。嫌な思いをさせたのなら申し訳ない」

「そんな、嫌な思いなんてしていません。ただ、心配になっただけです」

ギル様は不機嫌そうな理由を話す気はないらしい。でも、私は理由が気になって仕方がない。もし私が何か粗相をしていたらどうしようと思うと、こんな曖昧な答えでは納得できなかった。

「何があったのかだけでも教えていただけませんか？」

「君が心配するようなことはない」

「余計に気になります。私が何かしてしまいましたか？」

「いや……」

必死に訴えると、ギル様は無言で私を見つめた。その顔がどうしても言いたくなさそうに見えたので苦笑する。

「……わかりました。でも、本当に私のせいではないかだけは教えてください」

「本当に君のせいじゃない」

そう言ったあと、ギル様は辺りを見回し、誰か見つけたのか表情を緩めた。そして、その人物もギル様の視線に気が付いて、笑顔で近付いてきた。

「どうかなさいましたか」

「悪いが助けてほしい」

「何かございましたか？」

近寄ってきたのはユナ様で、不思議そうな表情でギル様に問いかけた。

「その、なんというか、君ならわかるだろう。俺が不機嫌になっている理由をアリカに伝えてくれ」

「自分でお話しになればよろしいですのに」

「みっともないだろう？」

「ふふ。婚約者がそんな風に思ってくれていると知ったら、わたくしでしたら喜びますし、きっと、アリカさんだって喜ぶと思いますわ」

「そうとは思えない」

「まあ！　そんな弱気な様子は、いつものギルバート様らしくありませんわね」

「仕方がないだろう。初めての感情で自分でも戸惑っているんだ」

「それは失礼いたしました」

ユナ様は微笑して、ギル様を見つめる。

「今回は仕方がありませんわね」

「これからは、こんな気分にならないようにもっと心の広い人間になる」

「ギルバート様は真面目すぎますわ」

二人が何の話をしているのかわからない。でも、ギル様が不機嫌になった理由をユナ様は知っているということだけはわかった。

「じゃあ、またあとで」

ギル様が歩き出したので呼び止める。

「ギル様、どちらに行かれるんですか？」

「夜風に当たってくる。すぐに戻って来るから、君はユナ嬢から話を聞いてくれ」

ギル様の様子が気になるので追いかけたい気持ちは山々だけど、不機嫌の理由をユナ様から教えてもらいたいという気持ちが勝った。

ユナ様に視線を向けると、会場の一角にある休憩スペースに誘われた。

「あの、一体、何があったんでしょうか」

ウェイターから飲み物をもらい、ふかふかのソファに腰掛けてから問いかけると、隣に座るユナ様が口を開いた。

「最近のアリカさんはどんどん可愛くなってきているでしょう」

「えっ⁉　そんなことありません。メイドが上手くお化粧をしてくれるからではないでしょうか」

「お化粧だけではありませんわ。恋をしていると綺麗になるという話をよく聞くでしょう」

「……と、ということは、ギル様のおかげで、私は少しは可愛くなれているんでしょうか」

「より可愛くなったということです。わたくしはアリカさんがギルバート様に恋する前から可愛いと思っておりましたわ。わたくしはギルバート様よりも先に気付いておりましたのよ？」

ユナ様はどこか満足そうな顔で続ける。

「あ、でも可愛くなったというより、綺麗になったようにも思います。今日のパーティーでアリカさんが綺麗なことに気が付いた人が何人かいましたの。そのせいで、ギルバート様は不機嫌になっているんです」

「婚約者が褒められているのに、不機嫌になるっておかしくないですか？」

「普通はそうですわね。ですが、自分の想い人が異性から注目を浴びすぎると嫉妬してしまうものですわ。アリカさんだって、ギルバート様が他の女性から素敵だと言われると、嬉しいという気持ちだけじゃなく違う感情も生まれてくるでしょう？」

「……そうですね。同意する気持ちと、言葉にしにくいのですが、胸がモヤモヤすると言いますか、複雑な気持ちになります」

「ギルバート様も同じような感情を持たれたそうです。そして、それが嫉妬であることに気付いたようですわね」

ユナ様はなぜか嬉しそうな顔をしている。その理由もわからないけれど、それよりも気になることがあった。

「で、でも、ギル様が嫉妬する必要はないじゃないですか」

ギル様のほうが私よりも身分が上だし、外見だって申し分ない。それなのに、私みたいな女性のことで嫉妬するなんて信じられなかった。

「好きだから嫉妬するものなんです」

「……好きだから」

自分で口に出したくせに、頬が熱くなっていく。

「あら、アリカさん。顔が真っ赤ですわ。何も知らない人が見たら、具合が悪いのかと思われてしまうかもしれませんわね」

ユナ様はシニヨンにした私の髪形が崩れないように優しく頭を撫でてから、話を続ける。

「嫉妬が良くないというのは、この国の貴族の間では常識ですわ。ですから、ギルバート様はしてはいけないことをしてしまう自分が許せないのでしょう。わたくしからしてみれば、人間らしくて良いと思いますけれどね」

「そうですね。完璧主義のギル様も素敵ですが、可愛らしい一面も素敵だと思います」

「ふふ。そうですわね」

ギル様が会場に戻ってきたのが見えたので、私たちはそこで会話を打ち切った。

＊＊＊＊＊

帰りの馬車でも、ギル様はどこか落ち着かない様子だった。

「もし、本当に嫉妬だったとしたら、私は嬉しいです。でも、人に当たるのはやめてくださいね」

「……わかっている。自分のことなら感情のコントロールができるんだが、君が関わると難しいみたいだ。でも、善処する」

「はい。よろしくお願いいたします」

「……嬉しそうだな」

ギル様に指摘されて、私は自分の頬が緩んでいることに気付いた。

「先程も言いましたが、ギル様のお気持ちがとても嬉しいんです」

「迷惑じゃないのか」

「ギル様なら迷惑ではありません」

微笑んで頷くと、向かいに座っていたギル様は、馬車が動いているというのに私の隣に移動してきた。

「それなら良かった。でも、気を付ける」

「私にはギル様しかいませんから、ご安心ください」

恥ずかしいけれど、正直な気持ちを伝えると、ギル様は私の手をぎゅっと握る。

「俺もだ。誕生日プレゼント、君が喜んでくれるように色々と考えたんだ。楽しみにしておいてくれ」

「……はい。楽しみにしています」

改めてギル様の目を見て頷くと、柔らかい笑みが返ってくる。心臓が破裂するかと思うくらいまぶしくて、私はまた視線を逸らした。
――もうすぐ迎える誕生日は、今までで一番素敵な日になりそうね。

この作品に対する皆様のご意見・ご感想をお待ちしております。

おハガキ・お手紙は以下の宛先にお送りください。

【宛先】

〒150-6019 東京都渋谷区恵比寿4-20-3 恵比寿ガーデンプレイスタワー 19F
(株) アルファポリス　書籍感想係

メールフォームでのご意見・ご感想は右のＱＲコードから、
あるいは以下のワードで検索をかけてください。

アルファポリス　書籍の感想　検索

ご感想はこちらから

本書は、「アルファポリス」(https://www.alphapolis.co.jp/) に掲載されていたものを、
改稿、加筆のうえ、書籍化したものです。


我慢《がまん》するだけの日々《ひび》はもう終《お》わりにします

風見ゆうみ（かざみ ゆうみ）

2024年 11月 5日初版発行

編集－中村朝子・山田伊亮・大木 瞳
編集長－倉持真理
発行者－梶本雄介
発行所－株式会社アルファポリス
〒150-6019 東京都渋谷区恵比寿4-20-3 恵比寿ガーデンプレイスタワー19F
TEL 03-6277-1601（営業） 03-6277-1602（編集）
URL https://www.alphapolis.co.jp/
発売元－株式会社星雲社（共同出版社・流通責任出版社）
〒112-0005 東京都文京区水道1-3-30
TEL 03-3868-3275
装丁・本文イラスト－久賀フーナ
装丁デザイン－AFTERGLOW
（レーベルフォーマットデザイン－ansyyqdesign）
印刷－中央精版印刷株式会社




ISBN978-4-434-34704-7 C0093